INSOLACIÓN

NARRATIVA

EMILIA PARDO BAZÁN

INSOLACIÓN

*Introducción
Marina Mayoral*

COLECCIÓN AUSTRAL

Primera edición: 21-XII-1954
Séptima edición: 21-I-2002

© *Herederos de Emilia Pardo Bazán*

© *Espasa Calpe, S. A., 1954, 1987*

Diseño de cubierta: Tasmanias

Depósito legal: M. 846—2002
ISBN 84—239—1825—4

Espasa, en su deseo de mejorar sus publicaciones, agradecerá cualquier sugerencia que los lectores hagan al departamento editorial por correo electrónico: sugerencias@espasa.es

Impreso en España/Printed in Spain

ESPASA

Editorial Espasa Calpe, S. A.
Carretera de Irún, km 12,200. 28049 Madrid

ÍNDICE

INTRODUCCIÓN

AÑOS DE MADUREZ

En 1886-87 doña Emilia publica *Los pazos de Ulloa* y *La Madre Naturaleza*, una gran novela en dos partes, que vino a ser la cumbre y resumen de su quehacer novelístico. La polémica levantada en torno al naturalismo con *La cuestión palpitante* y *La Tribuna* se había apaciguado, la obra satisface incluso a un crítico tan duro y tan poco propicio a la escritora como Clarín. La fama de la Pardo Bazán se consolida, empiezan a correr rumores de que aspira a un sillón en la Academia de la Lengua. Las conferencias en 1887 en el Ateneo sobre la revolución y la novela en Rusia, la repercusión que tienen sus comentarios sobre el carlismo [1], sus artículos feministas en la *Fornightly Review* de Londres [2] en 1889 nos hablan de la importancia cada

---

[1] En *Mi romería* cuenta el viaje a Roma, la visita al papa León XIII y al pretendiente carlista don Carlos. Sus comentarios irritan a los carlistas españoles y la tormenta estalla al publicar dos crónicas, «Coletilla a *Mi romería*» y «Confesión política», que provocan la escisión del partido carlista. Véase Carmen Bravo Villasante, *Vida y obra de Emilia Pardo Bazán*, Revista de Occidente, Madrid, 1962, cap. XII.

[2] En una carta a Galdós le comenta: «Hice un trabajo para la Fornightly Review sobre "La mujer española" (...). Yo estoy contenta de él:

vez mayor de la escritora. Pero la polémica y el escándalo siguen acompañándola. Sus opiniones levantan ronchas y sus éxitos envidias. La publicación en 1889 de INSOLACIÓN va a dar pie a sus enemigos para que descarguen sobre ella resentimientos y rencores. Clarín calificó la obra de «*boutade* pseudoerótica», resumiendo así la sensación de desafío que la novela había producido. La vinculación de los hechos novelescos con la biografía de la autora fue comidilla de los círculos literarios de su tiempo y ha llegado hasta hoy. Veamos en qué consistía esa relación.

EL FONDO AUTOBIOGRÁFICO DE LA NOVELA

En 1888 doña Emilia visitó la Exposición Universal que tenía lugar en Barcelona. Allí se encuentra a sus amigos Narciso Oller e Ixart, con quien mantenía correspondencia desde varios años atrás, y a Galdós, con quien está ligada sentimentalmente de modo íntimo, aunque la relación se mantenga en secreto. En Barcelona y con motivo de la exposición conoce a Lázaro Galdiano. Narciso Oller cuenta, muchos años después, en sus *Memorias* el comienzo de esa amistad. Al parecer, Lázaro se quedó encantado de doña Emilia, a quien encontró simpatiquísima y buscó la ocasión de acompañarla. Esa ocasión se la brindó el propio Oller que, después de dos días de visitas, estaba un poco cansado de su papel de *chevalier servant* de una señora que le obligaba a entradas y salidas a deshora para cambiarse de ropa (Oller cuenta con gracia las exigencias de doña Emilia en este punto). Sustituye Lázaro a Oller y cuando éste, descansado ya, retorna a buscar a su amiga no la encuentra en el hotel ni por la mañana ni al medio-

---

pero es un poquito fuerte; armaría un alboroto en España tal vez si se publicase en español». *Cartas a Galdós,* Ediciones Turnes, 1978, pág. 59. Al año siguiente, sin embargo, publica ese trabajo en *La España moderna,* la revista de Lázaro Galdiano, en el núm. XVII, mayo de 1890.

día. Llegó por la noche, acompañada de Lázaro Galdiano, con quien había hecho una excursión a Arenys de Mar «d'on tornava encisada», dice Oller, y añade: «Alguns volgueren suposar després que INSOLACIÓN n'és un reflex»[3]. Narciso Oller, con cierto resquemor, a pesar de los años transcurridos, hace notar que la Pardo Bazán les dejó «postergados» a él y a Ixart que eran viejos amigos, y también a otros recientes que él le había presentado: Sardá, Guimerá, Matheu, Verdaguer, que no pudieron encontrarla nunca en el hotel: siempre había salido con Lázaro Galdiano.

A partir de ese episodio, la amistad entre doña Emilia y Oller se enfría, por parte de ella; deja de escribirle con la asiduidad con que lo había hecho y el catalán se lamenta y lo atribuye a la influencia de Lázaro, quizá, piensa, por haberse él negado a colaborar en castellano en la revista *La España moderna* de la cual es propietario Lázaro Galdiano, o quizá por haberle repetido éste a doña Emilia, cambiándole el sentido, una «brometa inofensiva» que Oller se había permitido gastarle a propósito de que ambos coincidiesen «por casualidad» aquel verano en Oporto.

Fácilmente puede deducirse que la amistad de doña Emilia con Lázaro Galdiano era del dominio público en el mundillo literario, y como, por el contrario, su relación con Galdós la llevaba con gran sigilo (gracias a Galdós según puede notarse por las cartas), no es de extrañar que éste se enterara de la infidelidad de su amante por el comentario de algún colega. Nelly Clemessy supone que fue el propio Oller quien cometió la indiscreción de enterar a Galdós del asunto sin darse cuenta del daño que hacía[4]. Doña Emilia confiesa su falta y pide perdón: «Mi infidelidad material no data de Oporto, sino de Barcelona en los

[3] *Memòries literàries*, Editorial Aedos, Barcelona, 1962, págs. 108 y siguientes.

[4] Nelly Clemessy, *Emilia Pardo Bazán como novelista*, Fundación Universitaria Española, Madrid, 1981, pág. 243, nota 58.

últimos días del mes de marzo, tres después de tu marcha»[5]. En la misma carta esboza una justificación que nos
puede dar la clave de la evolución psicológica del personaje de su novela: «No me resolví a perder tu cariño confe-
sando un error momentáneo de los sentidos, fruto de las
circunstancias imprevistas. Eras mi felicidad y tuve miedo
a quedarme sin ella. Creía yo que aquello sería para los dos
culpables igualmente transitorio y accidental. Me equivo-
qué: me encontré seguida, apasionadamente querida y
contagiada.»

En la aventura personal de doña Emilia hay, pues, dos
componentes eróticos muy diferentes. Uno es «un error
momentáneo de los sentidos». Otro, posterior, de índole
psicológica: el contagio, la inclinación que nace de sentirse
«apasionadamente querida».

INSOLACIÓN reproduce en su esquema argumental las
circunstancia que hemos mencionado: una viuda aristocrática, ya en la treintena, conoce a un joven en una tertulia
social y al día siguiente va con él a la romería de San
Isidro. El sol y el vino trastornan su comportamiento ha-
bitual e incurre en una serie de ligerezas que comprometen
su honor a los ojos de la sociedad. En vez de cortar esa
relación, llevada primero por la curiosidad y después por
el interés que ha despertado en su pretendiente, la dama
accede a sucesivas entrevistas hasta acabar enamorada de él.

En la novela se debaten con cierta amplitud temas de
moral sexual y de psicología amorosa: la diferente actitud
de la sociedad ante las faltas de hombres y mujeres, y la
evolución de los sentimientos femeninos según el comportamiento del pretendiente. Temas que aparecen también en
la correspondencia de doña Emilia con Galdós.

La novela está dedicada a José Lázaro Galdiano «en
prenda de amistad». El gesto de doña Emilia de dedicar la
novela a su amigo siempre me ha recordado el gesto del

---

[5]   *Cartas a Galdós*, ed. citada, págs. 23-24.

personaje de la novela, de Asís Taboada cuando abre la ventana de su dormitorio y se asoma con su amante para que todos puedan verlos juntos. Es un gesto similar, pero mucho más arriesgado y valiente, porque en la marquesa literaria es preámbulo de matrimonio y en la Pardo Bazán no tiene esa cobertura legal, sólo puede interpretarse como un gesto de independencia y de desafío a la hipocresía de la sociedad.

El nombre de José Lázaro fue el más repetido por el rumor de la época, aunque también se mencionó el de Gumersindo de Azcárate, según testimonios aducidos por Rodríguez Moñino[6]. Al no existir de momento sobre este tema pruebas documentales, es decir, cartas íntimas de los implicados, la relación entre doña Emilia y don José Lázaro y la aventura de Arenys de Mar como foco generador de INSOLACIÓN ha de considerarse sólo como una hipótesis de trabajo[7].

---

[6] «... algunos maliciosos esparcieron por entonces la noticia de que el personaje central femenino de *Insolación* era la propia condesa de Pardo Bazán, reservando el masculino a D. Gumersindo de Azcárate. Aunque esto lo oímos decir muchas veces a D. José Lázaro (protestando del ningún fundamento de tan necio rumor) y a D. Francisco Rodríguez Marín, por no atestiguar con desaparecidos, contamos también sobre este punto con el testimonio de personas respetables que viven y alcanzaron aquellos tiempos, como el Excelentísimo Sr. D. Luis de Hoyos y Sainz», «Clarín y Lázaro: un pleito entre escritor y editor (1889-1896)», *Bibliofilia*, V, 1951, págs. 48-49.

[7] Desde hace mucho tiempo se viene diciendo que en el Museo Lázaro Galdiano existen cartas de amor de doña Emilia a don José Lázaro. Según mis investigaciones, si tales cartas existen, no están archivadas. Lo que sí hay son papeles que se refieren a *La España moderna* y una única carta personal de carácter amistoso. Está fechada en julio de 1888 y en ella se disculpa doña Emilia con cierta coquetería de su tardanza en escribir, le anuncia la salida de *Insolación*, libro del que considera «padrino» a Lázaro y bromea sobre el sibaritismo de Lázaro en los viajes. De ningún modo puede inferirse de ella una relación íntima entre los dos. Don Enrique Pardo Canalís, actual director del Museo, que va a publicar la carta aludida y que prepara una amplia biografía sobre don José Lázaro, asegura que, por el momento, en el Museo no se han encontrado más cartas de doña Emilia que ésa.

Insolación en su época: reacción
del público y de la crítica

La novela escandalizó en su época y no sólo porque se
viera en ella el trasunto autobiográfico, sino por el tema
que abordaba y por la manera de hacerlo. Testimonio de
esta actitud puede ser la de José María de Pereda.

Doña Emilia en una crítica a *La Montálvez* había desta-
cado los tópicos en que incurría el escritor santanderino al
ponerse a criticar la vida de la aristocracia madrileña, clase
social que no conocía de primera mano. Pereda le replica
de este modo:

> Después que *La Montálvez* se publicó *Insolación*. De mi
> marquesa, declara usted que está fundida en el troquel de
> las murmuraciones de Viena y otros centros maldicientes
> de la corte. Debo suponer yo que está mejor estudiada del
> natural, y por propia observación, la otra marquesa, la de
> usted, la que se va de buenas a primeras con un galán, a
> quien sólo conoce por haberle saludado la noche anterior
> en una tertulia, a la romería de San Isidro; y allí se mete
> con él en figones y merenderos, se emborracha, etc., etc.,
> hasta volver ambos ahítos y saciados de todo lo imagina-
> ble, para continuar viviendo amancebados *a la vista* del
> lector, con minuciosos pormenores sobre su manera de
> pecar. ¿Lo cree así la señora Pardo? ¿Cree que esta mar-
> quesa es más *humana* y verosímil que la mía? Santo y
> bueno; pero conste, en tal caso, que no he sido yo el que
> más ha agraviado a la clase social a que ambas pertenecen,
> y que si he pecado al pintar a la Montálvez, ha sido por
> carta de menos, que siempre es de agradecer [8].

A Pereda le parece mal, muy criticable, que la marquesa
se vaya a la romería del Santo con un caballero a quien ha
conocido el día anterior. Según los criterios de la época
esto debía de ser, sin duda, una ligereza harto imperdona-

---

[8]   «Las comezones de la señora Pardo Bazán», recogido en *Obras
completas* de E. Pardo Bazán, tomo III, págs. 1.006-1.011.

ble en una señora seria. Para acabar de enredarlo, la dama
«se mete con él en figones y merenderos», lugares al parecer peligrosísimos para la virtud de una mujer de finales
del diecinueve. Y, horror de horrores, a la señora se le va
la mano en el jerez y la manzanilla y se emborracha. Aquí
Pereda pone un «etc., etc.» que hace suponer lo que no
hay, aunque quizá lo que ha sucedido sea ya terrible para
el puritanismo de algún lector: Asís tiene que acostarse
completamente mareada en la cama que le ofrece una posadera y allí, tras haberle aflojado el corsé, duerme una
siesta de varias horas. Al día siguiente, todavía bajo los
efectos de la resaca, la dama se juzga a sí misma con la
mayor dureza. La novela empieza, en efecto, con el relato
de su malestar físico y de sus remordimientos por lo que ha
sucedido. El lector actual se imagina que ha ocurrido algo
decisivo en la vida de esta señora a juzgar por sus solilo-
quios:

«¿Pero es de veras? ¿Pero me ha pasado *eso?* Señor Dios
de los ejércitos ¿lo he soñado o no? Sácame de esta
duda (...) Hija de mi corazón, lo que no sucede en un año
sucede en un día. No hay que darle vueltas. Tú has sido
hasta la presente una señora intachable (...) pero ¿qué quieres, mujer? te descuidaste un minuto, incurriste en una
chiquillada (porque fue una chiquillada, pero chiquillada
del género atroz, convéncete de ello) y por cuánto viene el
demonio y la enreda y te encuentras de patitas en la gran
trapisonda (...) Te falta hasta la excusa vulgar, la del cariñito y la pasioncilla... Nada, chica, nada. Un pecado gordo
en frío, sin circunstancias atenuantes y con ribetes de desliz
chabacano. ¡Te luciste!»

El lector de hoy, al leer los capítulos siguientes, en los
que Asís rememora la excursión a la pradera de San Isidro,
se pregunta dónde está el pecado gordo, cuál ha sido esa
falta que ha manchado la hasta ahora intachable conducta
de la protagonista. Y no la encuentra. Entendemos que,
según las costumbres de la época, la aventura sea censurable, no esté bien vista por la sociedad que frecuenta la

dama, pero ¿pecado?, ¿la gran trapisonda?... ¿Puede acu-
sarse a Asís de otra cosa que de ligereza e ingenuidad? El
episodio recuerda a otros no contados sino aludidos en *Los
pazos de Ulloa*: al comentar la maledicencia de los conter-
tulios del casino dice el narrador: «En las ciudades peque-
ñas, donde ningún suceso se olvida ni borra, donde gira
perpetuamente la conversación sobre los mismos asuntos,
donde se abulta lo nimio, y lo grave adquiere proporciones
épicas, a menudo tiene una muchacha perdida la fama
antes que la virtud, y ligerezas insignificantes, glosadas y
censuradas años y años, llevan a la doncella con palma al
sepulcro» (cap. X). De este tipo debe de haber sido el desliz
cometido por Rita Pardo, que Julián oculta celosamente a
don Pedro Moscoso: «¿Cómo indicar ni lo más somero y
mínimo de *aquello* de la señorita Rita, que maliciosamente
interpretado tanto podía dañar a su honra?» (cap. X). La
falta de Asís es de esta clase: maliciosamente interpretado
puede dañar a su honra ya que, en efecto, ha estado sola
con un hombre en una habitación de una taberna. Así lo
interpreta Pereda, que parece no haber leído lo que está
escrito en la novela sino lo que él piensa que tiene que
suceder cuando un hombre y una mujer se quedan solos en
un cuarto. Recordemos sus palabras: «se mete con él en
figones y merenderos, etc., etc., hasta volver ambos ahítos
y saciados de todo lo imaginable». Sencillamente, eso no es
cierto. Asís de lo único que vuelve ahíta es de comida,
bebida, sol, calor, gente y alboroto, pero no «de todo lo
imaginable». Y tampoco es cierto lo que sigue, eso de
«vivir amancebados a la vista del lector» y los «minuciosos
pormenores sobre su manera de pecar». Verdaderamente
es digno de reflexión cómo puede cegar al entendimiento la
pasión polémica.

Clarín, que por estas fechas había dado ya muestras de
una solapada animadversión hacia la Pardo Bazán, arre-
mete contra la novela primero en un «Palique» y luego en
un *Folleto literario*. En sus críticas mezcla juicios estéticos
y morales. La obra le parece «la menos digna de encomio

de cuantas ha escrito doña Emilia», pese a que reconoce que, como hijo de quien es, «lleva en la fisonomía el sello de la raza». La califica de «*boutade* pseudoerótica de la ilustre dama» pero admite que «aquellas aventurillas de la romería de San Isidro han de tener admiradores de muy buena fe»[9]. De pasada, al hacer meses más tarde la crítica de *Morriña*, se refiere a INSOLACIÓN calificándola de «antipático poema de una jamona atrasada de caricias»[10]. La falta de objetividad de Clarín salta a la vista en expresiones como ésta. Uno no puede menos de recordar que Asís Taboada tiene treinta y dos años, sólo dos más que Ana Ozores cuando se entrega a don Álvaro Mesía, y el propio Clarín, como narrador de *La Regenta*, calificaba de grosero a su personaje porque llamaba «hambre atrasada» al apasionamiento amoroso de la mujer[11]. Clarín actúa respecto al personaje de doña Emilia con la misma grosería e incomprensión.

Las cosas se enconaron todavía más entre doña Emilia y el crítico asturiano cuando Lázaro Galdiano le reclamó casi un año más tarde una crítica pendiente sobre «dos libros de la señora Pardo Bazán», para publicarla en *La España moderna*. Probablemente se trataba de *Morriña* y *Una cristiana*, o quizá los libros de viajes *Al pie de la torre Eiffel* o *Por Francia y Alemania* que salieron por esas fechas. Desde luego no se trataba de INSOLACIÓN, cuya crítica había ya salido en la revista. Lázaro defiende su pretensión de forma firme, pero correcta y justa: «Haga usted un artículo acerca de dichos libros y mándemelo pronto para publicarlo el primero, como es justo, para no lastimar los derechos que los que constantemente escriben en la

---

[9] Clarín, «Palique», en *Madrid Cómico*, 11 de mayo de 1889.
[10] *Madrid Cómico*, 9 de noviembre de 1889.
[11] «Ana se entregaba al amor para sentir con toda la vehemencia de su temperamento, y con una especie de furor que groseramente llamaba Mesía, para sí, hambre atrasada», *La Regenta*, edición de Gonzalo Sobejano, Clásicos Castalia, ed. Castalia, Madrid 1981, pág. 449.

Revista adquieren a que nos ocupemos de sus obras»[12].
Doña Emilia era colaboradora asidua y asesora de Lázaro
en *La España moderna* y, en efecto, varias obras suyas
habían visto la luz antes que la *Poética* de Campoamor que
Clarín se empeñaba en pasar por delante. Replica Clarín
por carta defendiendo su derecho a escribir sobre lo que
quiere y anunciando que tiene un artículo sobre los últimos libros de la Pardo Bazán. La respuesta de Lázaro es
contundente: le recuerda que ha sido Clarín y no él quien
rompió la periodicidad de las colaboraciones al retrasar
una y otra vez los envíos de críticas y no contestar tampoco a las cartas. Reivindica su derecho como director de la
revista a encargar asuntos determinados: «Si usted trabaja-
ra según sus gustos y sin ponernos de acuerdo, resultarían
con frecuencia artículos dobles sobre un mismo libro, y
otras veces pasarían ciertos libros sin ningún análisis, y no
debe ser así, tratándose de autores que el público respeta y
celebra y que, además, secundan mis esfuerzos.» Hasta el
final de su vida Lázaro Galdiano mantuvo la postura de
que en periódico o revista de su propiedad no se insultara
a sus amigos y así se lo hizo saber abiertamente a Clarín:
«Si el artículo que usted tiene escrito sobre las últimas
obras de la señora Pardo Bazán es de la misma textura que
los publicados por usted en mi periódico al criticar los
libros de otros autores, ningún reparo tendré en publicarlo, y le agradeceré que me lo mande pronto. Por interés de
usted mismo le participo que cuando sus artículos guardan
mesura, y sin prescindir de observaciones y advertencias,
demuestran cierta moderación, los lectores ilustrados los
aprecian doblemente, y oigo de usted mucho mejores
ausencias»[13].

Clarín presentó su dimisión como redactor de *La España
moderna* y publicó sus quejas en uno de sus *Folletos litera-*

---

[12]   Véase A. Rodríguez Moñino, artículo citado, págs. 47-70.
[13]   *Ibídem*, págs. 57-58.

rios, presentando los hechos de tal manera que él parece la víctima inocentísima de la prepotencia combinada de Lázaro Galdiano y doña Emilia: «¡Artículos de encargo! ¡Una orden de prioridad impuesta por el editor! Juntándolo todo, lo que se me pedía era hablar cuanto antes de doña Emilia y hablar de modo que a ella no la enfadara» [14]. Tras ese preámbulo se dedica a destrozar las últimas obras de la novelista, sin olvidar un repaso a las anteriores y centrándose en INSOLACIÓN (a *Una cristiana* apenas alude). En la crítica alterna, como suele hacer, declaraciones de amistad y reconocimiento de sus méritos con los más mezquinos, comineros y torpes ataques. No es lugar aquí de detenernos en la injusticia de la crítica de Clarín respecto a la Pardo Bazán, pero es imposible aún hoy releer esas páginas chorreantes de mala baba sin experimentar un sentimiento de rechazo hacia su autor y de inmediata simpatía hacia la persona que, como mujer y como novelista, tuvo que soportar tan injustos y desconsiderados ataques. Centrándonos en INSOLACIÓN, dice Clarín en el citado *Folleto*: «No hay en todo este libro nada que nos hable del alma de un verdadero artista.» «Ni hace sentir, ni hace pensar.» «Asís Taboada no es nadie. Pacheco es un imbécil de Sevilla (...) un revulsivo confitado». No es obra pornográfica, pero tampoco artística, «ocupa un lugar intermedio». Doña Emilia es una mujer «completamente prosaica» y por tanto su obra es «un episodio de amor vulgar, prosaico, es decir, de amor carnal no disfrazado de poesía, sino de galanteo pecaminoso y ordinario; es la pintura de la sensualidad más pedestre». En cuanto a las ideas sobre moral sexual defendidas por el personaje Gabriel Pardo, dice: «¡Qué explicaciones para el libertinaje! ¡Qué estúpida libertad de pensar y qué falsa fuerza de espíritu!» El tono del libro irrita profundamente al crítico: «No hay pesimis-

---

[14] *Folletos literarios*, VII, *Museum (Mi revista)*, Librería de Fernando Fe, Madrid, 1890, págs. 8 y 10.

mo, no hay sarcasmo implícito en esa historia de aventuras indecentes y frías, sosas y apocadas; hay complacencia, casi alegría.»

Otro buen ejemplo de incomprensión frente a la novela fue la crítica de Emilio Bobadilla, «Fray Candil»: «Doña Emilia Pardo, a mi ver, no tiene temperamento de novelista, lo he dicho muchas veces. Es una escritora inteligente que desgrana con arte el diccionario sobre las cuartillas. Tiene, entre otros, el defecto de ser demasiado alegre, mejor dicho, optimista. En sus novelas se echa de menos (...) cierta tristeza, cierta melancolía inseparable de toda reflexión intensa acerca de la vida.» «En las novelas de doña Emilia se nota ausencia de psicología (...) se ve el artificio antes que la inspiración franca y honda.» «En la novela INSOLACIÓN (...) se nota la ausencia de conocimientos científicos.» (Según Bobadilla los síntomas del malestar físico de la protagonista no se corresponden exactamente con los de una insolación y de ninguna manera podría mejorar tomándose un té caliente.) Igualmente condenable le parece en el orden moral: «¡Qué idea tan triste da esta novela del nivel moral de la mujer madrileña! Y si analizamos lo que dice el comandante Pardo... apaga y vámonos.» Un poco antes ha afirmado que Asís Taboada es «una tía, mal que pese a doña Emilia. Una señora, una *verdadera* señora no va de *juerga*, y menos con un hombre a quien apenas conoce. Y no hay psicología que valga» [15].

Hoy nos sorprende la acrimonia de esas opiniones y la explicación habrá, quizá, que buscarla, aparte de las enemistades personales, en el hecho de que doña Emilia planteó en su novela dos temas que a la fuerza habían de resultar polémicos: la influencia del ambiente sobre la conducta humana, y la hipocresía de la sociedad en cuestiones de moral sexual. Vamos a analizarlos separadamente.

---

[15]   Fray Candil (Emilio Bobadilla), *Triquitrates*, Librería de Fernando Fe, Madrid, 1890, págs. 218 y sigs.

¿DETERMINISMO NATURALISTA?

Algunos críticos no dudaron de que la tesis de la obra era determinista. Así lo vio Emilio Bobadilla: «Los influjos del sol fueron la causa de que la Taboada cediese a los antojos carnales de Pacheco. Vemos aquí la fuerza física (el sol) venciendo la libertad moral, que está por encima de todo, en sentir de los católicos»[16].

El padre Blanco García colocó también la novela junto con *Morriña* y *La Madre Naturaleza* en «la sima del determinismo»[17].

Gran parte de la crítica actual ha considerado INSOLACIÓN obra naturalista. Pattison la sitúa entre las obras maestras de este estilo y considera que, igual que en *La Madre Naturaleza*, el tema del libro es el triunfo de la Naturaleza, cuya potencia se manifiesta en el sol, que preside toda la relación de Asís y Pacheco[18].

Baquero Goyanes incluye INSOLACIÓN en la etapa naturalista de la escritora y, como Pattison, la relaciona con *La Madre Naturaleza*, considerándola «una variante del mismo tema» y con una tesis claramente determinista: la presión del medio ambiente sobre las pasiones de las criaturas humanas. Con agudeza crítica señala el carácter naturalista de la larguísima descripción-inventario del «saloncito de confianza» de la marquesa de Andrade, que responde a la perfección a los rasgos típicos del estilo: «Para el narrador naturalista el objeto no es sólo un símbolo que alude a algo, es la historia misma de lo que se desea contar, es el personaje, su contorno y su esencia, su fisonomía y su alma»[19].

---

[16]   *Ídem,* pág. 223.
[17]   *Historia de la Literatura Española en el siglo XIX,* tomo II, Madrid, 1903, pág. 549.
[18]   Walter T. Pattison, *Emilia Pardo Bazán*, Twayne Publishers, Nueva York, 1971.
[19]   Mariano Baquero Goyanes, *La novela naturalista española: Emilia*

José Onrubia y Mendoza mantiene una postura cerradamente determinista. Al preguntarse las razones de la aventura de Asís concluye: «... una dama de esa edad y de esas circunstancias ha de sentir necesariamente la llamada imperativa del sexo, que la empuja a unirse con un varón de su agrado, se entiende agrado físico, en cuanto se le presenta la ocasión favorable. Estos son los hechos tal como aparecen ante nosotros. Estamos, pues, en pleno naturalismo». Así explica la escasez de datos sobre la vida interior del personaje masculino: «Diego Pacheco es tan sólo el varón que Francisca de Asís necesitaba y que estaba pidiendo a gritos sordos, tan sordos que nadie los había oído antes, su naturaleza»[20].

Para Donald Fowler Brown, el determinismo de la novela está fuera de duda: «There can be little doubt of the naturalistic determinism underlying this novel. The forces of heredity and environment prove far too strong for Doña Asís»[21]. Robert E. Osborne lo ve también así: «Una de las primeras preguntas que nos plantea esta novela es, desde luego, la siguiente: ¿es naturalismo? Sí, lo es aunque como casi siempre, de un modo personal. Es decir, muchos detalles y algunas escenas crudas o violentas. Sin embargo, desde el título hasta el último párrafo, la autora se preocupa por la cuestión del influjo del medio ambiente»[22]. Para Montes Huidobro, que considera INSOLACIÓN «una de las mejores novelas del siglo XIX», la novela es una combinación de determinismo teórico (manifestado a través de las

———————
Pardo Bazán, Publicaciones de la Universidad de Murcia, 1955, págs. 11, 132 y 136.
    [20] José Onrubia de Mendoza, *Estudio preliminar a "La sirena negra"* e *"Insolación"*, editorial Bruguera, 1970, págs. 14 y 16.
    [21] Donald Fowler Brown, *The catholic naturalism of Pardo Bazán*, Chapel Hill, The University of North Carolina Press, second edition, 1971, pág. 111.
    [22] Robert E. Osborne, *Emilia Pardo Bazán. Su vida y sus obras*, Ediciones de Andrea, México, 1964, pág. 74

palabras del comandante Pardo en la obra) y práctico (ejemplificado en la historia de Asís y Pacheco)[23].

No todos los críticos aceptan, sin embargo, la tesis naturalista. Cyrus DeCoster ve grandes diferencias con las obras claramente naturalistas de la autora *(La Tribuna* y las novelas de los pazos): en primer lugar, el humor, ausente en aquéllas y pieza clave en INSOLACIÓN. A eso hay que añadir un modo especial de tratar las escenas desagradables (por ejemplo, la pelea de mujeres en la feria), el costumbrismo innegable, también señalado por Pattison, y el limitar su pintura a la clase aristocrática[24].

Maurice Hemingway señala que lo importante en la novela no es la demostración de una tesis sino la sutileza con que la Pardo Bazán muestra «a respectable Catholic lady attempting to deal with unfamiliar feelings she is not supposed to have»[25]. Avanzando más por esta misma línea se encuentran las interpretaciones feministas de la novela, es decir, aquellas que ponen en primer plano la preocupación de doña Emilia por la problemática femenina[26], y en el extremo se halla la postura de Robert M. Scari, que niega abiertamente el carácter naturalista, basándose fundamentalmente en el tono de la narración: la ironía, el humor, el sentimentalismo. Señala también Scari la necesidad de desechar los tópicos y lugares comunes que la crítica ha

---

[23] Matías Montes Huidobro, «Emilia Pardo Bazán: niveles técnicos y temáticos de su determinismo», en *Superficie y fondo del estilo,* Estudios de Hispanófila, University of North Carolina, 1971.

[24] Cyrus C. De Coster, «Pardo Bazán's *Insolación*: a Naturalistic Novel?», *Romance Notes,* 13 (1971-72), págs. 87-91.

[25] Maurice Hemingway, *Emilia Pardo Bazán. The making of a novelist,* Cambridge University Press, 1983, pág. 52.

[26] Mary E. Giles, «Feminism and the Feminine in Emilia Pardo Bazán's Novels», en *Hispania,* 63, 2 (mayo 1980), págs. 356-367. Mary Lee Bretz, «Naturalismo y feminismo en Emilia Pardo Bazán», *Papeles de Son Armadans,* 87, 261 (dic. 1977), págs. 195-219. Ruth A. Schmidt, «Woman's Place in the Sun: Feminism in *Insolación*», en *Revista de Estudios Hispánicos* (University of Alabama), VIII, 1 (enero 1974), págs. 69-81.

venido repitiendo sobre la novela y entre los que destaca
tres: «Que la obra está muy bien escrita, pero que sus
temas son de patente trivialidad, que falta desarrollo psicológico en los personajes, que se trata, en fin, de una minia-
tura pintoresca, pero intranscendente»[27].

La crítica actual tiende, en efecto, a revalorizar
INSOLACIÓN no sólo en el aspecto formal de obra bien
hecha sino por la importancia de sus tesis feministas y por
el análisis psicológico que ofrece. Recordemos a este respecto las palabras finales de la *Introducción* de José Hesse:
«INSOLACIÓN no viene a ser, en fin de cuentas, otra cosa
que el análisis de la resurrección vital de Francisca, una de
las figuras femeninas mejor logradas que podemos encontrar en las novelas de la condesa de Pardo Bazán»[28]. Recordemos que de ese personaje decía Clarín: «Asís Taboada no es nadie (...) un ser repugnante en su insignificancia,
baja y deslavazada criatura imaginaria.» La diferencia
entre ambas opiniones no se puede explicar sólo por la
animadversión personal de Clarín hacia la autora. Entre
ambas críticas ha transcurrido casi un siglo de reivindica-
ciones feministas y se ha producido un notable cambio en
cuestiones de libertad sexual. Hoy a nadie se le escapa la
preocupación de doña Emilia por esos temas que entonces
eran tabú.

LA MUJER Y LA MORAL SEXUAL

Me parece evidente que doña Emilia, tomándose mil
cautelas, eso sí, pero también con un innegable valor,

---

[27]   Robert M. Scari, «Modalidades de la ironía en *Insolación*», en *Revista Hispánica Moderna*, XXXVIII, 3 (1974-75), págs. 85-93. «*Insolación* y el
naturalismo», *Sin Nombre* (San Juan de Puerto Rico), V, 2 (1974), páginas 80-89. «La sátira y otros efectos humorísticos en *Insolación*», *Duquesne
Hispanic Review,* 1 (primavera 1972), págs. 1-14.
[28]   José Hesse, *Introducción* a *"Insolación"*, Taurus, Madrid, 1980,
(2.ª edición), pág. 27.

rompió una lanza en INSOLACIÓN en pro de la libertad femenina y en contra de la hipocresía de la sociedad en la que vivía.

Empecemos por las cautelas. La voz del narrador, que se supone que es la de la propia autora, condena en diversas ocasiones a lo largo de la novela la conducta de Asís. Al final del primer capítulo nos dice: «Asís, en la penumbra del dormitorio, entre el silencio, componía mentalmente el relato que sigue, donde claro está que no había de colocarse en el peor lugar, sino paliar el caso: aunque, señores, ello admitía bien pocos paliativos.»

La actitud del narrador es, como vemos, severa; el caso le parece que no tiene disculpa y, además, desconfía de la objetividad del relato que vamos a leer: da por supuesto que, aunque no mienta, la protagonista procurará presentarlo de la forma más favorable para ella. Tras ese ceñudo preámbulo, el narrador se retira y deja que sea su personaje quien nos cuente la aventura, y que el público lector juzgue directamente los hechos. ¿Y qué pensaría un lector de finales del siglo diecinueve? Quiero decir un lector normal, sin envidias, rencores ni rencillas que le previnieran en contra de la autora. ¿Qué pensarían las damas y caballeros amigos de la Pardo Bazán? Y, sobre todo, ¿qué pensarían las señoras, no al reunirse en las visitas, sino a solas, cuando sentadas con el libro en la mano advirtieran cómo se parecía su salita de estar o su dormitorio, o sus mismas costumbres a las que se describen en la novela?, ¿qué pensarán de esa mujer que dice de sí misma: «yo soy una señora como todas, una de tantas, debo respetar el orden establecido y no meterme en honduras»? Yo me pregunto si no se sentirían identificadas con ella y más inclinadas a la comprensión que a la censura. A fin de cuentas lo que hasta el momento ha habido es sólo una transgresión de las normas sociales, un enredo en el que la dama se ha metido inocentemente.

En el capítulo IX el narrador omnisciente toma de nuevo la palabra y lo hace para desligarse de su personaje,

para marcar las distancias: no está dispuesto a salir fiador
de la sinceridad del relato: «No afirmamos que, aun dialogando con su conciencia propia, fuese la marquesa viuda
de Andrade perfectamente sincera, y no omitiese algún
detalle que agravara su tanto de culpa en el terreno de la
imprevisión, la ligereza o la coquetería. Todo es posible, y
no conviene salir fiador de nadie en este género de confesiones...» A continuación resume lo que ha sido la vida de
Asís hasta entonces: su inocentísimo amor adolescente por
un marino, el matrimonio con su tío, cincuentón y apacible, que «supo evitar el delirio de los extremos amorosos,
impropios de su edad y la de Asís combinadas; dejó dormir lo que no era para despertado y así logró siete años de
tranquila ventura y una chiquilla algo enclenque, que únicamente revivía con los aires marinos y agrestes de la tierra
galaica».

Creo que doña Emilia está tomando precauciones. Nadie podrá decir que está fomentando la frivolidad ni apo-
yando la conducta de su personaje en la escapada a San
Isidro, o compadeciéndola por ese matrimonio sin amor.
Aunque insinúa la frustración de la mujer, deja constancia
de que al morir su marido «Asís quedó libre, rica, moza,
bien mirada y con el alma serena». Darío Villanueva, ana-
lizando *Los pazos de Ulloa*, veía una especie de diálogo
intertextual entre esta novela y *Pepita Jiménez*[29]. Creo que
el recuerdo de la obra de Valera sigue vivo aquí. Asís,
como Pepita, encuentra en el matrimonio con un hombre
viejo bienestar y consideración social, pero en ambas el
sometimiento y la frustración provocan posteriormente un
deseo de independencia y de disfrutar del amor mayor que
en otras mujeres.

Muy pronto empezaremos a notar en la novela lo que
piensa de verdad doña Emilia sobre esos matrimonios y

---

[29]   Darío Villanueva, «*Los Pazos de Ulloa*, el naturalismo y Henry
James», en *Hispanic Review*, vol. 52, núm. 2 (primavera 1984), págs. 121-
139.

esas sumisiones de la mujer al hombre y a las normas sociales. En la visita a las Cardeñosa hace notar el narrador que éstas eran «dos buenas señoritas (...) no emancipadas, a pesar de sus cincuenta y pico, de la eterna infancia femenina». Esta postura discriminatoria de la sociedad respecto a la mujer volverá a plantearse en la larga conversación de Asís con Gabriel Pardo, el personaje que llega a INSOLACIÓN desde *La Madre Naturaleza*, y que constituye el punto más discutido de la novela. Recordemos la opinión de Clarín: «¡Qué explicaciones para el libertinaje! ¡Qué estúpida libertad de pensar!» Veamos qué era lo que producía tanto escándalo.

Gabriel Pardo considera accesorio «en la relación de una pareja lo que la sociedad considera irreparable», y le parece, por el contrario, «lo principal» algo que, empleando sus mismas palabras, «abunda menos, pero, en cambio, vale más: la realidad de un cariño muy grande entre dos». Considera el comandante Pardo (y aquí la coincidencia de nombre entre personaje y autora me parece más que nunca significativa) que una mujer no queda deshonrada si se le ha hecho violencia física contra su voluntad, y tampoco, y esto es lo fundamental, «por un momento de flaqueza». Critica el comandante la actitud de los hombres, apoyada por toda la sociedad, de considerar una perdida a la mujer que ha cometido una falta de esta especie. La historia de Manolita y Perucho de *La Madre Naturaleza* apoya su argumentación teórica:

> ... una mujer de instintos nobles se juzga manchada, vilipendiada, infamada por toda su vida a consecuencia de un minuto de extravío, y, de no poder casarse con aquel a quien se cree ligada para siempre jamás, se anula, se entierra, se despide de la felicidad por los siglos de los siglos amén...

Otro punto conflictivo debatido en la novela es la desigualdad de la moral sexual de hombres y mujeres. Dice Pardo: «Es una hipocresía detestable eso de acusarlas e infamarlas a ustedes con tal rigor por lo que en nosotros nada significa.» Desde un punto de vista religioso esa doble moral no tiene fundamento: los mandamientos de la ley de Dios igual afectan a hombres y mujeres: «ningún confesor le dirá a usted que hay un pecado más para las hembras», aunque también los curas participen en la hipocresía social: a los hombres les exigen menos «por prudencia, para que no desertemos del confesonario si nos da por frecuentarlo». Todo se reduce a un injusto convencionalismo en el que las mujeres son las perjudicadas:

> A nosotros nos enseñan lo contrario; que es vergonzoso para el hombre no tener aventuras, y hasta que queda humillado si las rehuye... De modo que, lo mismo que a nosotros nos pone muy huecos, a ustedes las envilece.

Casi cien años después, estas ideas siguen siendo objeto de discusión. Todavía la sociedad, en cuestiones de moral, mide por distinto rasero a hombres y mujeres. No es de extrañar, por tanto, que doña Emilia tome precauciones: no quiere que la acusen de inmoral o de corruptora de las costumbres, ni de estar haciendo pornografía. Hoy nos hubiera gustado ver una defensa más franca de esas ideas, pero entendemos sus cautelas: doña Emilia, por boca del narrador condena las opiniones de Gabriel Pardo y así, al comentar lo que piensa la protagonista sobre el caso, nos dice: «Iban pareciéndole muy bonitos y sensatos los detestables sofismas del comandante, que así pervierte la pasión el entendimiento.» Interpretadas al pie de la letra, esas palabras quieren decir que la autora está en contra de las teorías de Gabriel Pardo. Pero las cosas son más complejas y no podemos ignorar que la presión de la censura —de cualquier censura— ha llevado a los escritores a buscar vías sinuosas para expresar sus ideas.

Al describir la impresión que las palabras del comandante provocan en Asís, emplea el narrador dos imágenes que me parecen muy reveladoras de la verdadera postura de la autora. Dice que son como «saetas» que encienden en su entendimiento una hoguera, a cuya luz «veía tambalearse infinitas ideas de las que había creído más sólidas y firmes hasta entonces». Esa hoguera cumple una función iluminadora al par que destructora. Si queda alguna duda sobre su carácter positivo, benéfico, se aclara con la segunda imagen: «Era como si le arrancasen del espíritu una muela dañada: dolor y susto al sentir el frío del instrumento y el tirón; pero después, un alivio, una sensación tan grata viéndose libre de aquel cuerpo muerto.» Aquí ya no cabe duda: una muela dañada es algo malo, «un cuerpo muerto» del que cuesta desprenderse, pero cuya desaparición es un beneficio para la persona que la padecía. Tras esas dos imágenes, y como si temiera haber dejado ver demasiado su pensamiento, la voz narradora añade: «Anestesia de la conciencia, con cloroformo de malas doctrinas, podría llamarse aquella operación quirúrgico-moral.»

Más difícil de justificar y de entender me parece el giro que da a la personalidad del comandante Pardo. El lector de doña Emilia le conoce ya de *La Madre Naturaleza*, donde es personaje fundamental y donde su carácter ha quedado firmemente trazado. No es hombre que hable de una forma y obre de otra. Lo que sentía por su sobrina —con quien estaba dispuesto a casarse, a pesar de que ella se hubiera entregado a Perucho— no ha variado. Es, por tanto, un hombre de firmes convicciones y sentimientos. ¿A qué se debe, pues, ese brusco cambio de comportamiento? ¿Por qué, tras defender la igualdad y libertad de las mujeres, opina sobre Asís como lo haría «otra persona que pensase según todos los clichés admitidos»? La respuesta más evidente va en la dirección de las cautelas que antes he señalado: la autora, para protegerse, no sólo critica como narrador las ideas de su personaje sino que le hace incurrir en contradicciones para que no pueda pensarse que es su portavoz, su *alter ego* masculino. Pero todavía es posible otra interpretación más sutil, más sinuosa: doña Emilia desconfía de las teorizaciones masculinas, sabe por experiencia propia que los mismos varones que se declaran libres de prejuicios antifemeninos y defensores de la igualdad intelectual son los que se oponen con uñas y dientes a su entrada en la Academia de la Lengua y a su nombramiento de catedrático de la Universidad. ¿Por qué iba a ser el comandante Pardo una excepción? La libertad, la independencia de la mujer, parece decirnos la autora, han de ganársela las mujeres por su cuenta, porque el hombre mejor intencionado, a la hora de la verdad, reacciona como el más convencional y obediente defensor de unas normas que, en definitiva, les favorecen a ellos.

Me parece importante que las decisiones que toma Asís no procedan de un convencimiento teórico sino de una íntima necesidad, no sean producto de una catequesis intelectual sino de una evolución psicológica, de una liberación personal en la que los factores irracionales —sentimentales, pasionales— son más fuertes que los fríos razonamientos teóricos. Esto aumenta, indudablemente, la categoría literaria de la obra: no estamos ante un ensayo feminista, ni ante un panfleto, sino ante una novela psicológica, en la cual las tesis se supeditan a la creación estética. INSOLACIÓN es, por encima de cualquier otra consideración, una novela de amor.

UNA NOVELA DE AMOR

El tema fundamental de la novela es la evolución íntima de Asís Taboada, el nacimiento de una pasión amorosa que tiene su origen en la atracción física y que acaba transformando la vida entera del personaje.

Pese a los comentarios condenatorios de la voz narradora, el desarrollo de la acción, el desenvolvimiento de los hechos da la razón al personaje femenino: Asís Taboada tiene todo el derecho del mundo a ser feliz con un hombre que le gusta y también a enamorarse de un truhán, de un pillo guapo, de un perezoso, ignorante y sensual, en opinión de Gabriel Pardo. Asís tiene todo el derecho a hacer lo que le da la gana y a equivocarse también. Quizá Pacheco resulte ser ese mal padre, esposo traidor y ciudadano zángano que predice el comandante, pero quizá éste yerre en su juicio, igual que yerra cuando piensa que es sólo una aventura y que Diego no se casará con la viuda. No se sabe. No debe saberse. Quizá sean ciertas las promesas del andaluz de encarrilar su vida y quizá no sean más que palabrería de gitano. Pero esto es accesorio, porque la novela no cuenta la evolución de un matrimonio o el desvanecimiento de una ilusión, sino el nacimiento de un amor y el derecho de la mujer a vivirlo.

Cuando Clarín arremetía contra el personaje masculino —«un imbécil de Sevilla», «un revulsivo confitado», «un andalucito bobalicón y chorlito»— se olvida de que don Álvaro Mesía, aparte de más antipático, no tiene mejores prendas para conquistar a la Regenta, y se olvida, sobre todo, de una regla de oro en el amor: que las cualidades objetivas del amado no cuentan para el amante. La Pardo Bazán lo sabe bien. Desde el comienzo deja claro que lo que lleva a Asís hacia Diego es la atracción física. Pero también sabe que es muy difícil separar el gusto del amor. Asís siente celos cuando Pacheco requiebra a la posadera y se va a bailar con las cigarreras. Valera expresó magistralmente en *Pepita Jiménez* esa inseparable unión de cuerpo y espíritu: «Yo ni siquiera concibo a usted sin usted. Para mí es usted su boca, sus ojos, sus negros cabellos, que deseo acariciar con mis manos; su dulce voz (...) toda su forma corporal, en suma, que me enamora y seduce, y a través de la cual, y sólo a través de la cual se nos muestra el espíritu invisible, vago y lleno de misterios»[30]. Cuando Asís mira a Diego en la escena de la despedida hubiera podido exclamar, como el don Magín de *Nuestro padre San Daniel*: «¡Ay, sensualidad!, y cómo nos traspasas de anhelo de infinito.»

---

[30]   *Pepita Jiménez, Obras completas*, Aguilar, Madrid, 1968, pág. 177.

El descubrimiento amoroso tiene algo de revelación, de deslumbramiento. Durante seis días Asís ha luchado contra su inclinación hacia Diego Pacheco: ha caído una y otra vez, pero siempre en contra de su voluntad. Se dejaba arrastrar, pero había en ella resistencias que, tras la caída, la empujaban a huir del hombre hasta que la presencia de éste provocaba una nueva debilidad. Y en ese flujo y reflujo de apetencias y rechazos hay un instante clave, marcado por el sueño, o mejor se diría, ensueño: cansada de los preparativos del viaje que la alejará definitivamente del peligro amoroso, Asís se adormece y sueña que está ya en el tren.

Las interpretaciones psicoanalíticas que pueden hacerse de la escena [31] me parecen irrelevantes en este caso. Los posibles símbolos sexuales del sueño (traqueteo del tren, penetración en los túneles, agua que fluye...) no me parecen adecuados para la interpretación del sueño que tiene un sentido mucho más amplio. Los símbolos, a mi juicio, no son sexuales, la autora no ha querido que lo fueran (sería, por otra parte, una verdadera rareza la utilización voluntaria de una simbología sexual en una obra anterior a *La interpretación de los sueños,* de Freud), sino vitales.

La primera parte del sueño de Asís se refiere al viaje en tren a través de una tierra seca y abrasada de sol. Hay una insistencia en el calor, el sol y el polvo que provocan angustia en la mujer. El agua con la que intenta calmar su sed se transforma en una bebida alcohólica que todavía aumenta su desazón. Bajo el sol implacable gime y grita la señora: «¡Agua! ¡Agua! ¡Agua por Dios! (...) ¡Que me abraso... que me abraso!» Doña Emilia conocía bastante bien a los clásicos españoles y no me cabe duda de que la semejanza con las palabras de la Tisbea de Tirso no es casual: «¡Fuego, zagales, fuego, agua, agua! / ¡Amor, cle-

---

[31]   Véase Currie Kerr Thompson, «The Use and Function of Dreaming in Four Novels by Emilia Pardo Bazán», *Hispania*, 59, 4 (dic. 1976), páginas 856-862.

mencia, que se abrasa el alma!» Huye, pues, la protagonista en esta primera parte del sueño de las desazones del
amor, simbolizadas en el ardor de la llanura castellana.
Detalles concretos nos remiten al punto de arranque del
problema, a la aventura de la romería del Santo: el sol, el
polvo, el jerez...

La segunda parte del sueño supone al comienzo un alivio para la durmiente. Los túneles por los que se llega a la
tierra gallega simbolizan, más allá de su significado sexual,
lo contrario del sol y el calor: «una inmersión en la noche,
un baño en un pozo». Se calma el ardor de la dama que
respira aliviada con la humedad que se extiende en torno
suyo, «cálmase el hervor de su sangre», y, en cuanto se
tranquiliza, el mundo que la rodea empieza a parecerle
cada vez menos grato, hasta provocarle de nuevo angustia,
una angustia de signo opuesto a la que sufría bajo el sol.

El sueño hay que interpretarlo a la luz de las ideas
psicológicas de la época: doña Emilia construye el sueño
de su personaje con materiales tomados de la literatura,
metafóricos, diríamos, y por ello empieza aclarando que
no se trata de un verdadero sueño, lo que equivale a decir
que se libera de la teoría del condicionamiento somático:
«No era la pesadilla que causa la ocupación del estómago (...) ni menos el ensueño provocado por la acción del
calor del lecho sobre los lóbulos cerebrales...» Liberada de la
servidumbre científica construye un sueño premonitorio a
la manera galdosiana[32] que anuncia lo que va a suceder al
personaje: la huida, que en la vigilia le parece a Asís la
solución del problema, adquiere en el sueño su verdadera
dimensión: es la infelicidad o, más aún, la negación de la
vida. Para aclarar este sentido y hacerlo ver tanto al perso-

---

[32]   El sentido premonitorio de los sueños en la novela de Galdós ha
sido estudiado por Ricardo Gullón, *Galdós, novelista moderno*, Ed. Gredos, Madrid, 1973. Para un estudio más amplio de los sueños, véase
J. Schraibman, *Dreams in the Novel of Galdós*, Hispanic Institute, Nueva
York, 1960.

naje como a sus lectores, la Pardo Bazán ha contrapuesto
en el relato una serie de elementos que se cargan de valor
simbólico: de un lado, sol, calor, luz, ardor; de otro, oscuridad, frío, lluvia, color gris. Las imágenes en la segunda
parte remiten a la idea de muerte: los túneles (noche, pozo)
se hacen «lóbregos», pantanosos; la lluvia es «plomo derretido y glacial» y «solloza» sobre los vidrios; el corazón,
«anegado de tristeza», se vacía con «fúnebre ruido». La
imagen del corazón que se vacía, que pierde la vida que lo
llena, se refuerza con la utilización del adjetivo «fúnebre»
que incide directamente sobre la idea de la muerte. Por
contraste con esas imágenes, el sol, que al comienzo aparecía como elemento negativo, se carga de sentido positivo: es lo contrario a todas ellas, por tanto, símbolo de
vida. La protagonista lo comprende y el lector también.

El sueño explica la actitud de Asís en las últimas escenas. La visita de Pacheco cuando Gabriel Pardo está con
la dama es de lo más inoportuna que cabe y, sin embargo,
el primer impulso de Asís es de alegría: «una sonrisa involuntaria y una luz vivísima cruzaron por sus labios y sus
ojos». Y cuando Diego quiere marcharse es la mujer quien
le retiene porque ha comprendido que negarse al amor es
negarse a la vida. De forma espontánea pone en práctica
las teorías de Gabriel Pardo: se quieren y eso es lo fundamental; ni social ni religiosamente es un crimen. De nuevo,
el recuerdo de *Pepita Jiménez* se viene a la memoria: «En
cuanto a lo que él llamaba su caída antes de caer, fuerza es
confesar que le parecía poco honda y poco espantosa después de haber caído» [33]. Doña Emilia llevó esa libertad de
conciencia a un personaje femenino.

Al final de la obra se acumulan de nuevo las cautelas y
precauciones de la autora para preservar su moralidad. La
voz narradora, convertida claramente en voz de autor,
comenta «el caso» con sus lectores: «caso desatinado y

---

[33]   Edición citada, pág. 181.

enorme», «atrevida infracción de todo lo que no debe ni puede infringirse», justificado solamente como estudio de una pasión y «análisis» de la «idea» que «desenlazó precipitada y honrosamente la historia empezada por tan liviano y censurable modo en la romería del Santo». Esta idea es la decisión de casarse que adoptan los amantes en el transcurso de la noche, y que, desde luego, no se analiza en absoluto. En una página ventila doña Emilia las posibles razones que pudieron llevar a los protagonistas a tomar decisión de tal envergadura, y dejando «que cada cual lo arregle a su gusto» pasa a ofrecernos una escena final llena de alegría y optimismo.

El hecho de acabar la novela en boda puede parecer una solución de compromiso con la moral de la época, pero hay que reconocer que juzgada desde dentro de la novela no parece descabellada, se acepta con naturalidad. Es cierto que los protagonistas se conocen sólo desde cinco días antes, pero para darse cuenta cabal de esto hay que releer la novela cuidadosamente, desenredando los saltos atrás. La impresión del lector es de un período de tiempo mucho mayor y eso se debe a la habilidad con que la escritora ha matizado las distintas etapas de la evolución psicológica de Asís Taboada. Enamorada y dispuesta a transgredir por su amado las normas de la religión y de la sociedad, no parece ilógico que quiera casarse con él. Tampoco debemos olvidar que la novela acaba sin que la boda haya tenido lugar y en ninguna obra posterior de la Pardo Bazán se alude, que yo recuerde, a ella. Por tanto, también cabe la posibilidad de que todo se quede en un proyecto. En todo caso, la idea del matrimonio le ha servido a la autora para cubrirse las espaldas y para, resuelta esa cuestión, ofrecernos la escena más atrevida de la novela: Asís abre la ventana de su dormitorio, «despeinada, alegre, más fresca que el amanecer, abre de par en par, sin recelo o más bien con orgullo» y se asoma a ella con su amante. Esa franca exhibición de relaciones prematrimoniales resulta sorprendente a finales del siglo XIX. Desde la lógica de la novela,

Asís sabe que va a ser criticada, se case o no. Su gesto de abrir la ventana y asomarse con un hombre que no es su marido me parece un claro desafío a los prejuicios de la sociedad y una toma de postura ante la hipocresía que impera en ella: es un gesto de liberación e independencia, como mujer y como ser humano.

INSOLACIÓN respira alegría de vivir, algo que irritaba a Clarín, inclinado, por romántico y naturalista, a los amores desgraciados. Tampoco en la obra de doña Emilia abunda el optimismo, más bien la postura contraria, que ella consideraba la propia de un escritor católico. Así lo manifestó expresamente al analizar la obra de Balzac: «El análisis encarnizado, anatómico, lúcido, de la miseria humana —que vale tanto como decir de la vida humana— es, en cambio, tarea y obra de escritor católico, no materialista sino pesimista, necesariamente pesimista. Dimana del dogma del pecado original y la caída, de la corrupción de nuestra naturaleza, de la certidumbre de que nos rodea el mal y nos persigue eternamente el dolor» [34]. Pero, a veces, por debajo del cristianismo, le asomaba a doña Emilia el fondo celta que ella se empeñó en negar [35] y el valle de lágrimas se le transforma en delicioso oasis, más estimado por cuanto sabe que el desierto lo rodea. INSOLACIÓN está escrito en uno de esos momentos de plenitud vital y su autora acierta a plasmarlo y transmitirlo. Uno siente, como Asís al abrir la ventana, que a nadie debe parecerle mal que dos personas disfruten de quererse, y que no hay sociedad que merezca que se le sacrifique ese gusto.

MARINA MAYORAL.

Madrid, febrero de 1987.

---

[34]   *La Literatura Francesa Moderna*, vol. II, *La Transición*, Madrid, 1911, pág. 150.

[35]   En carta a Narcís Oller le dice: «Yo, que nací española rabiosa y que soy la única que en esta tierra no ha dado en la flor de llamarse *celta* o *sueva*...», en *Memòries literàries*, ed. citada, pág. 100.

BIBLIOGRAFÍA SELECTA

ALAS, LEOPOLDO: *Folletos Literarios,* VII, *Museum (Mi revista),* Librería de Fernando Fe, Madrid, 1890.

— «Palique», *Madrid Cómico,* 11 de mayo y 9 de noviembre de 1889.

BAQUERO GOYANES, MARIANO: *La novela naturalista española: Emilia Pardo Bazán,* Publicaciones de la Universidad de Murcia, 1986.

— *Emilia Pardo Bazán,* Publicaciones Españolas, Madrid, 1971.

BARROSO, FERNANDO: *El naturalismo en la Pardo Bazán,* colección Plaza Mayor Scholar, Ed. Playor, Madrid, 1973.

BIEDER, MARYELLEN: «En-gendering strategies of authority: Emilia Pardo Bazán and the novel», en Hernan Vidal (ed.) *Cultural and Historical Groundingfor Hispania and Luso-Brazilian Feminist Literary Criticism,* Minneápolis, Institute for the Study of Ideologies and Literature, 1989, págs. 473-495.

BOBADILLA, EMILIO (Fray Candil): *Triquitraques,* Librería de Fernando Fe, Madrid, 1890.

BRAVO VILLASANTE, CARMEN: *Vida y obra de Emilia Pardo Bazán,* Revista de Occidente, Madrid, 1962.

BROWN, DONALD FOWLER: *The Catolic Naturalism of Pardo Bazán,* The University of North Carolina Press, Chapel Hill, 1957.

CLEMESSY, NELLY: *Emilia Pardo Bazán como novelista,* Fundación Universitaria Española, Madrid, 1981.

— Estudio preliminar a la edición de *Los pazos de Ulloa,* Espasa Calpe, Clásicos Castellanos, Madrid, 1987.

COOK, TERESA: *El feminismo en la novela de la Condesa de Pardo Bazán,* Publicaciones de la Diputación Provincial, La Coruña, 1976.

DE COSTER, CYRUS C.: «Pardo Bazan's *Insolación:* a Naturalistic novel?», *Romance Notes,* 13 (1971-72), págs. 87-91.

GONZÁLEZ HERRÁN, JOSÉ MANUEL: Estudio introductorio a *La cuestión palpitante,* Ed. Anthropos-Universidad de Santiago de Compostela, 1989.

GUILLÉN, CLAUDIO: «Entre la distancia y la ironía: de *Los pazos de Ulloa* a *Insolación»,* en Marina Mayoral (coord.), *Estudios sobre Los pazos de Ulloa,* Ediciones Cátedra-Ministerio de Cultura, Madrid, 1989, págs. 103-128.

HEMINGWAY, MAURICE: *Emilia Pardo Bazán: the making of a novelist,* Cambridge University Press, 1983.

— «Pardo Bazán and Rival Claims of Religion and Art», *Bulletin of Hispanic Studies,* LXVI (1989), págs. 241-250.

HENN, DAVIS: *The Early Pardo Bazán. Theme and Narrative Technique in the Novels of 1879-89,* Liverpool, Francis Cairn Publications, 1988.

HESSE, JOSÉ: Introducción a *Insolación,* Taurus, Madrid, 1980.

KRONIK, JOHN W.: «Entre la ética y la estética: Pardo Bazán ante el decadentismo francés», en M. Mayoral (ed.), *Estudios sobre «Los pazos de Ulloa»,* edición citada, págs. 163-174.

MAYORAL, MARINA: Estudio preliminar a *Cuentos y novelas de la Tierra,* de Emilia Pardo Bazán, Ed. Sálvora, Santiago de Compostela, 1984.

— Estudio preliminar a la edición de *Los pazos de Ulloa,* Ed. Castalia, Col. Clásicos Castalia, Madrid, 1986.

— Estudio preliminar a la edición de *Dulce dueño,* Ed. Castalia, Col. Biblioteca de Escritoras, Madrid, 1989.

— «De *Insolación* a *Dulce dueño,* notas sobre el erotismo en la obra de Emilia Pardo Bazán», *Eros literario,* Universidad Complutense, Madrid, 1989, págs. 127-136.

ONRUBIA DE MENDOZA, JOSÉ: Estudio preliminar a *La Sirena negra* e *Insolación,* Editorial Bruguera, 1970.

OSBORNE, ROBERT S.: *Emilia Pardo Bazán, su vida y sus obras,* Ediciones de Andrea, México, 1964.

PAREDES NÚÑEZ, JUAN: *Los cuentos de Emilia Pardo Bazán,* Universidad de Granada, 1979.

— Estudio introductorio a la edición de *Cuentos completos* de E. Pardo Bazán, Fundación Pedro Barrié de la Maza, Conde de Fenosa, La Coruña, 1990.

PATTISON, WALTER T.: *El naturalismo español, historia externa de un movimiento literario,* Ed. Gredos, Madrid, 1965.

— *Emilia Pardo Bazán,* Twayne Publishers, Nueva York, 1971.

RODRÍGUEZ MOÑINO, ANTONIO: «Clarín y Lázaro: un pleito entre escritor y editor (1889-1896)», *Bibliofilia,* V, 1951, páginas 49-70.

SCARI, ROBERT M.: «Modalidades de la ironía en *Insolación», Revista Hispánica Moderna,* XXXVIII, 3 (1974-1975), págs. 85-93.

— *«Insolación* y el naturalismo», *Sin Nombre,* V, 2 (1974), págs. 80-89.

— «La sátira y otros efectos humorísticos en *Insolación», Duquesne Hispanic Review,* XI, 1 (primavera de 1972), págs. 1-14.

SCHMIDT, RUTH A.: «Woman's Place in the Sun: Feminism in *Insolación», Revista de Estudios Hispánicos,* VIII, 1 (enero de 1974), págs. 69-81.

THOMPSON, CURRIER KERR: «The Use and Function of Dreaming in Four Novels by Emilia Pardo Bazán», *Hispania,* 59, 4 (diciembre de 1976), págs. 856-862.

INSOLACIÓN

A José Lázaro Galdiano, en prenda de amistad.

La autora.

I

La primer señal por donde Asís Taboada se hizo cargo de que había salido de los limbos del sueño fue un dolor como si la barrenasen las sienes de parte a parte con un barreno finísimo; luego le pareció que las raíces del pelo se convertían en millares de puntas de aguja y se le clavaban en el cráneo. También notó que la boca estaba pegajosita, amarga y seca; la lengua, hecha un pedazo de esparto; las mejillas ardían; latían desaforadamente las arterias, y el cuerpo declaraba a gritos que, si era ya hora muy razonable de saltar de la cama, no estaba ella para valentías tales.

Suspiró la señora; dio una vuelta, convenciéndose de que tenía molidísimos los huesos; alcanzó el cordón de la campanilla, y tiró con garbo. Entró la doncella, pisando quedo, y entreabrió las maderas del cuarto-tocador. Una flecha de luz se coló en la alcoba, y Asís exclamó con voz ronca y debilitada:

—Menos abierto... Muy poco... Así.

—¿Cómo le va, señorita? —preguntó muy solícita la Ángela (por mal nombre Diabla)—. ¿Se encuentra algo más aliviada ahora?

—Sí, hija..., pero se me abre la cabeza en dos.

—¡Ay! ¿Tenemos la maldita de la jaquecona?

—Clavada... A ver si me traes una taza de tila...

—¿Muy cargada, señorita?

—Regular...

—Voy volando.

Un cuarto de hora duró el vuelo de la Diabla. Su ama, vuelta de cara a la pared, subía las sábanas hasta cubrirse la cara con ellas, sin más objeto que sentir el fresco de la batista en aquellas mejillas y frente, que estaban echando lumbre.

De tiempo en tiempo exhalaba un gemido sordo.

En la mollera suya funcionaba, de seguro, toda la maquinaria de la Casa de la Moneda, pues no recordaba aturdimiento como el presente, sino el que había experimentado al visitar la fábrica de dinero y salir medio loca de las salas de acuñación.

Entonces, lo mismo que ahora, se le figuraba que una legión de enemigos se divertía en pegarla tenazazos en los sesos y devanarla con argadillos candentes la masa encefálica.

Además, notaba cierta trepidación allá dentro, igual que si la cama fuese una hamaca, y a cada balance se le amontonase el estómago y la metiesen en prensa el corazón.

La tila. Calentita, muy bien hecha. Asís se incorporó, sujetando la cabeza y apretándose las sienes con los dedos. Al acercar la cucharilla a los labios, náuseas reales y efectivas.

—Hija..., está hirviendo... Abrasa. ¡Ay! Sosténme un poco, por los hombros. ¡Así!

Era la Diabla una chica despabilada, lista como una pimienta: una luguesa que no le cedía el paso a la andaluza más ladina. Miró a su ama guiñando un poco los ojos, y dijo compungidísima, al parecer:

—Señorita... Vaya por Dios. ¿Se encuentra peor? Lo que tiene no es sino eso que le dicen allá en nuestra tierra un *soleado*... Ayer se caían los pájaros de calor, y usted fuera todo el santo día...

—Eso será... —afirmó la dama.

—¿Quiere que vaya en seguidita a avisar al señor de Sánchez del Abrojo?

—No seas tonta... No es cosa para andar fastidiando al médico. Un meneo a la taza. Múdala a ese vaso...

Con un par de trasegaduras de vaso a taza, y viceversa, quedó potable la tila. Asís se la embocó, y al punto se volvió hacia la pared.

—Quiero dormir... No almuerzo... Almorzad vosotros... Si vienen visitas, que he salido... Atenderás por si llamo.

Hablaba la dama sorda y opacamente, de mal talante, como aquel que no está para bromas y tiene igualmente desazonados el cuerpo y el espíritu.

Se retiró por fin la doncella, y al verse sola, Asís suspiró más profundo y alzó otra vez las sábanas, quedándose acurrucada en una concha de tela. Se arregló los pliegues del camisón, procurando que la cubriese hasta los pies; echó atrás la madeja del pelo revuelto, empapado en sudor y áspero de polvo, y luego permaneció quietecita, con síntomas de alivio y aun de bienestar físico producido por la infusión calmante.

La jaqueca, que ya se sabe cómo es de caprichosa y maniática, se había marchado por la posta desde que llegara al estómago la taza de tila; la calentura cedía, y las bascas iban aplacándose... Sí, lo que es el cuerpo se encontraba mejor, infinitamente mejor; pero ¿y el alma? ¿Qué procesión le andaba por dentro a la señora?

No cabe duda: si hay una hora del día en que la conciencia goza todos sus fueros, es la del despertar. Se distingue muy bien de colores después del descanso nocturno y el paréntesis del sueño. Ambiciones y deseos, afectos y rencores se han desvanecido entre una especie de niebla; faltan las excitaciones de la vida exterior; y así como después de un largo viaje parece que la ciudad de donde salimos hace tiempo no existe realmente, al despertar suele figurársenos que las fiebres y cuidados de la víspera se han ido en humo y ya no volverán a acosarnos nunca. Es la cama una especie de celda donde se medita y hace examen de conciencia, tanto mejor cuanto que se está muy a gusto, y ni la luz ni el ruido distraen. Grandes dolores de corazón y propósitos de la enmienda suelen quedarse entre las mantas.

Unas miajas de todo esto sentía la señora; sólo que a sus

demás impresiones sobrepujaba la del asombro. «Pero ¿es de veras? Pero ¿me ha pasado *eso?* Señor Dios de los ejércitos, ¿lo he soñado o no? Sácame de esta duda.» Y aunque Dios no se tomaba el trabajo de responder negando o afirmando, *aquello* que reside en algún rincón de nuestro ser moral y nos habla tan categóricamente como pudiera hacerlo una voz divina, contestaba: «Grandísima hipócrita, bien sabes tú cómo fue: no me preguntes, que te diré algo que te escueza.»

—Tiene razón la Diabla: ayer atrapé un *soleado,* y para mí el sol..., matarme. ¡Este chicharrero de Madrid! ¡El veranito y su alma! Bien empleado, por meterme en avisperos. A estas horas debía yo andar por mi tierra...

Doña Francisca Taboada se quedó un poquitín más tranquila desde que pudo echarle la culpa al sol. A buen seguro que el astro rey dijese esta boca es mía protestando, pues aunque está menos acostumbrado a las acusaciones de galeotismo que la luna, es de presumir que las acoja con igual impasibilidad e indiferencia.

—De todos modos —arguyó la voz inflexible—, confiesa, Asís que si no hubieses tomado más que sol... Vamos, a mí no me vengas tú con historias, que ya sabes que nos conocemos... ¡Como que andamos juntos hace la friolera de treinta y dos abriles! Nada, aquí no valen subterfugios... Y tampoco sirve alegar que si fue inesperado, que si parece mentira, que si patatín, que si patatán... Hija de mi corazón, lo que no sucede en un año sucede en un día. No hay que darle vueltas. Tú has sido hasta la presente una señora intachable; bien; una perfecta viuda; conformes; te has llevado en peso tus dos añitos de luto (cosa tanto más meritoria cuanto que, seamos francos, últimamente ya necesitabas alguna virtud para querer a tu tío, esposo y señor natural, el insigne marqués de Andrade, con sus bigotes pintados y sus achaques, fístulas o lo que fuesen); a pesar de tu genio animado y tu afición a las diversiones, en veinticuatro meses no se te ha visto el pelo sino en la iglesia o en casa de tus amigas íntimas; convenido; has consagra-

do largas horas al cuidado de tu niña y eres madre cariñosa; nadie lo niega; te has propuesto siempre portarte como
una señora, disfrutar de tu posición y tu independencia, no
meterte en líos ni hacer contrabando; lo reconozco; pero...
¿qué quieres, mujer?, te descuidaste un minuto, incurriste
en una chiquillada (porque fue una chiquillada, pero chiquillada del género atroz, convéncete de ello) y por cuánto
viene el demonio y la enreda y te encuentras de patitas en
la gran trapisonda... No andemos con sol por aquí y calor
por allá. Disculpas de mal pagador. Te falta hasta la excusa vulgar, la del cariñito y la pasioncilla... Nada, chica,
nada. Un pecado gordo en frío, sin circunstancias atenuantes y con ribetes de desliz chabacano. ¡Te luciste!

Ante estos argumentos irrefutables cedía la acción bien-
hechora de la tila, y Asís iba experimentando otra vez
terrible desasosiego y sofoco. El barreno que antes le tala-
draba la sien se había vuelto sacacorchos, y haciendo hin-
capié en el occipucio, parecía que enganchaba los sesos a
fin de arrancarlos igual que el tapón de una botella. Ardía
la cama y también el cuerpo de la culpable, que, como un
San Lorenzo en sus parrillas, daba vueltas y más vueltas en
busca de rincones frescos, al borde del colchón. Convencida de que todo abrasaba igualmente, Asís brincó de la
cama abajo, y blanca y silenciosa como un fantasma entre
la penumbra de la alcoba, se dirigió al lavabo, torció el
grifo del depósito, y con las yemas de los dedos empapa-
dos en agua se humedeció frente, mejillas y nariz; luego se
refrescó la boca, y por último se bañó los párpados larga-
mente, con fruición; hecho lo cual, creyó sentir que se le
despejaban las ideas y que la punta del barreno se retiraba
poquito a poco de los sesos. ¡Ay, qué alivio tan rico! A la
cama, a la cama otra vez, a cerrar los ojos, estarse quietecita y callada y sin pensar en cosa ninguna...

Sí, a buena parte. ¿No pensar dijiste? Cuanto más se
aquietaban los zumbidos y los latidos, y la jaqueca y la
calentura, más nítidos y agudos eran los recuerdos, más
activas y endiabladas las cavilaciones.

—Si yo pudiese rezar —discurrió Asís—. No hay para
esto de conciliar el sueño como repetir una misma oración
de carretilla.

Intentólo, en efecto; mas si por un lado era soporífera la
operación, por otro agravaba las inquietudes y resquemo-
res íntimos de la señora. Bonito se pondría el padre Urdax
cuando tocasen a confesarse de aquella cosa inaudita y
estupenda. ¡Él, que tanto se atufaba por menudencias de
escotes, infracciones de ayunos, asistencia a saraos en cuaresma, mermas de misa y otros pecadillos que trae consigo
la vida mundana en la corte! ¿Qué circunloquios serían
más adecuados para atenuar la primera impresión de espanto y la primera filípica? Sí, sí, ¡circunloquios al padre
Urdax! ¡Él, que lo pregunta todo derecho y claro, sin pararse en vergüenzas ni en reticencias! ¡Con aquel geniazo
de pólvora y aquella manga estrechita que gastaba! Si al
menos permitiese explicar la cosa desde un principio, bien
explicada, con todas las aclaraciones y notas precisas para
que se viese la fatalidad, la serie de circunstancias que...
Pero ¿quién se atreve a hacer mérito de ciertas disculpas
ante un jesuita tan duro de pelar y tan largo de entendede-
ras? Esos señores quieren que todo sea virtud a rajatabla,
y no entienden de componendas ni de excusas. Antes parece que se les tachaba de tolerantísimos: no, pues lo que
es ahora...

No obstante el triste convencimiento de que con el padre
Urdax sería perder tiempo y derrochar saliva todo lo que
no fuese decir *acúsome, acúsome*, Asís, en la penumbra del
dormitorio, entre el silencio, componía mentalmente el relato que sigue, donde claro está que no había de colocarse
en el peor lugar, sino paliar el caso: aunque, señores, ello
admitía bien pocos paliativos.

extravagant, fantastic eccentric

II

Hay que tomarlo desde algo atrás y contar lo que pasó, o por mejor decir, lo que se charló anteayer en la tertulia semanal de la duquesa de Sahagún, a la cual soy asidua concurrente. También la frecuenta mi paisano el comandante de artillería don Gabriel Pardo de la Lage, cumplido caballero, aunque un poquillo inocentón, y sobre todo muy estrafalario y bastante pernicioso en sus ideas, que a veces sostiene con gran calor y terquedad, si bien las más noches le da por acoquinarse y callar o jugar al tresillo, sin importársele de lo que pasa en nuestro corro. No obstante, desde que yo soy obligada todos los miércoles, notan que don Gabriel se acerca más al círculo de las señoras y gusta de armar pendencia conmigo y con la dueña de la casa; por lo cual hay quien asegura que no le parezco saco de paja a mi paisano, aun cuando otros afirman que está enamorado de una prima o sobrina suya, acerca de quien se refieren no sé qué historias raras. En fin, el caso es que disputando y peleándonos siempre, no hacemos malas migas el comandante y yo. ¡Qué malas migas! A cada polémica que armamos, parece aumentar nuestra simpatía, como si sus mismas genialidades morales (no sé darles otro nombre) me fuesen cayendo en gracia y pareciéndome indicio de cierta bondad interior... Ello va mal expresado..., pero yo me entiendo.

Pues anteayer (para venir al asunto) estuvo el comandante desde los primeros momentos muy decidor y muy alborotado, haciéndome reír con sus manías. Le sopló la ventolera de sostener una vulgaridad: que España es un país tan salvaje como el África central, que todos tenemos sangre africana, beduina, árabe y qué sé yo, y que todas esas músicas de ferrocarriles, telégrafos, fábricas, escuelas, ateneos, libertad política y periódicos son en nosotros postizas y como pegadas con goma, por lo cual están siempre despegándose, mientras lo verdaderamente nacional y genuino, la barbarie, subsiste, prometiendo durar por los siglos de los siglos. Sobre esto se levantó el caramillo que es de suponer. Lo primero que le repliqué fue compararlo a los franceses, que creen que sólo servimos para bailar el bolero y repicar las castañuelas; y añadí que la gente bien educada era igual, idéntica, en todos los países del mundo.

—Pues mire usted, eso empiezo por negarlo —saltó Pardo con grandísima fogosidad—. De los Pirineos acá, todos, sin excepción, somos salvajes, lo mismo las personas finas que los tíos; lo que pasa es que nosotros lo disimulamos un poquillo más, por vergüenza, por convención social, por conveniencia propia; pero que nos pongan el plano inclinado, y ya resbalaremos. El primer rayito de sol de España, este sol con que tanto nos muelen los extranjeros y que casi nunca está en casa, porque aquí llueve lo propio que en París, que ese es el chiste...

Le interrumpí:

—Hombre, sólo falta que también niegue usted el sol.

—No lo niego, ¡qué he de negarlo! Por lo mismo que suele embozarse bien en invierno, de miedo a las pulmonías, en verano lo tienen ustedes convirtiendo a Madrid en sartén o caldera infernal, donde nos achicharramos todos... Y claro, no bien asoma, produce una fiebre y una excitación endiabladas... Se nos sube a la cabeza, y entonces es cuando se nivelan las clases ante la ordinariez y la ferocidad general.

—Vamos, ya apareció aquello. Usted lo dice por las corridas de toros.

En efecto, a Pardo le da muy fuerte eso de las corridas. Es uno de sus principales y frecuentes asuntos de sermón. En tomando la ampolleta sobre los toros, hay que oírle poner como digan dueñas a los partidarios de tal espectáculo, que él considera tan pecaminoso como el padre Urdax los bailes de piñata y las representaciones del *Demimonde* y *Divorciémonos*. Sale a relucir aquello de las tres fieras, toro, torero y público; la primera, que se deja matar porque no tiene más remedio; la segunda, que cobra por matar; la tercera, que paga para que maten, de modo que viene a resultar la más feroz de las tres; y también aquello de la suerte de pica, y de las tripas colgando, y de las excomuniones del Papa contra los católicos que asisten a corridas, y de los perjuicios a la agricultura... Lo que es la cuenta de perjuicios la saca de un modo imponente. Hasta viene a resultar que por culpa de los toros hay déficit en la Haciencia y hemos tenido las dos guerras civiles... (Verdad que esto lo soltó en un instante de acaloramiento, y como vio la greguería y la chacota que armamos, medio se desdijo.) Por todo lo cual, yo pensé que al nombrar ferocidad y barbarie vendrían los toros detrás. No era eso. Pardo contestó:

—Dejemos a un lado los toros, aunque bien revelan el influjo barbarizante o barbarizador (como ustedes gusten) del sol, ya que es axiomático que sin sol no hay corrida *buena*. Pero prescindamos de ellos; no quiero que digan ustedes que ya es manía en mí la de sacar a relucir la gente cornúpeta. Tomemos cualquier otra manifestación bien genuina de la vida nacional..., algo muy español y muy característico... ¿No estamos en tiempo de ferias? ¿No es mañana San Isidro Labrador? ¿No va la gente estos días a solazarse por la pradera y el cerro?

—Bueno, ¿y qué? ¿También criticará usted las ferias y el santo? Este señor no perdona ni a la corte celestial.

—Bonito está el Santo, y valiente saturnal asquerosa la que sus devotos le ofrecen. Si San Isidro la ve, él, que era un honrado y pacífico agricultor, convierte en piedras los garbanzos tostados y desde el cielo descalabra a sus admiradores. Aquello es un aquelarre, una zahúrda de Plutón. Los instintos españoles más típicos corren allí desbocados, luciendo su belleza. Borracheras, pendencias, navajazos, gula, libertinaje grosero, blasfemias, robos, desacatos y bestialidades de toda calaña... Gracioso *tableau*, señoras mías... Eso es el pueblo español cuando le dan suelta. Lo mismito que los potros al salir a la dehesa, que su felicidad consiste en hartarse de relinchos y coces.

—Si me habla usted de la gente ordinaria...

—No, es que insisto: todos iguales en siendo españoles; el instinto vive allá en el fondo del alma; el problema es de ocasión y lugar, de poder o no sacudir ciertos miramientos que la educación impone: cosa externa, cáscara y nada más.

—¡Qué teorías, Dios misericordioso! ¿Ni siquiera admite usted excepciones a favor de las señoras? ¿Somos salvajes también?

—También, y acaso más que los hombres, que al fin ustedes se educan menos y peor... No se dé usted por resentida, amiga Asís. Concederé que usted sea la menor cantidad de salvaje posible, porque al fin nuestra tierra es la porción más apacible y sensata de España.

Aquí la duquesa volvió la cabeza con sobresalto. Desde el principio de la disputa estaba entretenida dando conversación a un tertuliano nuevo, muchacho andaluz, de buena presencia, hijo de un antiguo amigo del duque, el cual, según me dijeron, era un rico hacendado residente en Cádiz. La duquesa no admite presentados, y sólo por circunstancias así pueden encontrarse caras desconocidas en su tertulia. En cambio, a las relaciones ya antiguas las agasaja muchísimo, y es tan consecuente y cariñosa en el trato, que todos se hacen lenguas alabando su perseverancia; virtud que, según he notado, abunda en la corte más de lo que se cree. Advertía yo que, sin dejar de atender al forastero, la duquesa aplicaba el oído a nuestra disputa y rabiaba por mezclarse en ella; la proporción le vino rodada para hacerlo, metiendo en danza al gaditano.

—Muchas gracias, señor de Pardo, por la parte que nos toca a los andaluces. Estos galleguitos siempre arriman el ascua a su sardina. ¡Más aprovechados son! De salvajes nos ha puesto, así como quien no quiere la cosa.

—¡Oh duquesa, duquesa, duquesa! —respondió Pardo con mucha guasa—. ¡Darse por aludida usted; usted que es una señora tan inteligente, protectora de las bellas artes! ¡Usted, que entiende de pucheros mudéjares y barreñones asirios! ¡Usted, que posee colecciones mineralógicas que dejan con la boca abierta al embajador de Alemania! ¡Usted, señora, que sabe lo que significa *fósil*! Pues ¡si hasta miedo le han cobrado a usted ciertos pedantes que yo conozco!

—Haga usted el favor de no quedarse conmigo suavemente. No parece sino que soy alguna literata o alguna marisabidilla... Porque le guste a uno un cuadro o una porcelana... Si cree usted que así vamos a correr un velo sobre aquello del salvajismo... ¿Qué opina usted de eso, Pacheco? Según este caballero, que ha nacido en Galicia, es salvaje toda España y más los andaluces. Asís, el señor don Diego Pacheco..., Pacheco, la señora marquesa viuda de Andrade..., el señor don Gabriel Pardo...

El gaditano, sin pronunciar palabra, se levantó y vino a apretarme la mano haciendo una cortesía; yo murmuré entre dientes eso que se murmura en casos análogos. Llena la fórmula, nos miramos con curiosidad fría del primer momento, sin fijarnos en detalles. Pacheco, que llevaba con soltura el frac, me pareció distinguido, y aunque andaluz, le encontré más bien trazas inglesas: se me figuró serio y no muy locuaz ni disputador. Haciéndose cargo de la indicación de la duquesa, dijo con acento cerrado y frase perezosa:

—A cada país le cae bien lo suyo... Nuestra tierra ha dado pruebas de no ser nada ruda; tenemos allá de too: poetas, pintores, escritores... Cabalmente en Andalucía la gente pobre es mu fina y mu despabilaa. Protesto contra lo que se refiere a las señoras. Este cabayero convendrá en que toítas son unos ángeles del cielo.

—Si me llama usted al terreno de la galantería —respondió Pardo—, convendré en lo que usted guste... Sólo que esas generalidades no prueban nada. En las unidades nacionales no veo hombres ni mujeres; veo una raza, que se determina históricamente en esta o en aquella dirección.

—¡Ay, Pardo! —suplicó la duquesa con mucha gracia—. Nada de palabras retorcidas, ni de filosofías intrincadas. Hable usted clarito y en cristiano. Mire usted que no hemos llegado a sabios, y que nos vamos a quedar en ayunas.

—Bueno; pues hablando en cristiano, digo que ellos y ellas son de la misma pasta, porque no hay más remedio, y que en España (allá va, ustedes se empeñan en que ponga los puntos sobre las íes) también las señoras pagan tributo a la barbarie, lo cual puede no advertirse a primera vista porque su sexo las obliga a adoptar formas menos toscas, y las condena al papel de ángeles, como las ha llamado este caballero. Aquí está nuestra amiga Asís, que a pesar de haber nacido en el Noroeste, donde las mujeres son reposadas, dulces y cariñosas, sería capaz, al darle un rayo de sol en la mollera, de las mismas atrocidades que cualquiera hija del barrio de Triana o del Avapiés...

—¡Ay, paisano! Ya digo que está usted tocado, incurable. Con el sol tiene el tema. ¿Qué le hizo a usted el sol, para que así lo traiga al retortero?

—Serán aprensiones, pero yo creo que lo llevamos disuelto en la sangre y que a lo mejor nos trastorna.

—No lo dirá usted por nuestra tierra. Allá no le vemos la cara sino unos cuantos días al año.

—Pues no lo achaquemos al sol; será el aire ibérico; el caso es que los gallegos, en ese punto, sólo aparentemente nos distinguimos del resto de la Península. ¿Ha visto usted qué bien nos acostumbramos a las corridas de toros? En Marineda ya se llena la plaza y se calientan los cascos igual que en Sevilla o Córdoba. Los cafés flamencos hacen furor; las cantaoras traen revuelto el sexo masculino; se han comprado cientos de navajas, y lo peor es que se hace uso de ellas; hasta los chicos de la calle se han aprendido de memoria el tecnicismo taurómaco; la manzanilla corre a mares en los tabernáculos marinedinos; hay sus cañitas y todo; una parodia ridícula, corriente; pero parodia que sería imposible donde no hubiese materia dispuesta para semejantes aficiones. Convénzanse ustedes: aquí en España, desde la Restauración, maldito si hacemos otra cosa más que jalearnos a nosotros mismos. Empezó la broma por todas aquellas demostraciones contra don Amadeo; lo de las peinetas y mantillas, los trajecitos a medio paso y los caireles; siguió con las barbianerías del difunto rey, que le había dado por lo chulo, y claro, la gente elegante le imitó, y ahora es ya una epidemia, y entre patriotismo y flamenquería, guitarreo y cante jondo, panderetas con madroños colorados y amarillos, y abanicos con las hazañas y los retratos de Frascuelo y Mazzantini, hemos hecho una Españita bufa, de tapiz de Goya o sainete de don Ramón de la Cruz. Nada, es moda y a seguirla. Aquí tiene usted a nuestra amiga la duquesa, con su cultura y su finura, y sus mil dotes de dama; pues ¿no se pone tan contenta cuando la dicen que es la chula más salada de Madrid?

—Hombre, si fuese verdad, ¡ya se ve que me pondría! —exclamó la duquesa con la viveza donosa que la distingue—. ¡A mucha honra! Más vale una chula que treinta gringas. Lo gringo me apesta. Soy yo muy españolaza, ¿se entera usted? Se me figura que más vale ser como Dios nos hizo, que no andemos imitando todo lo de extranjis... Estas manías de vivir a la inglesa, a la francesa... ¿Habrá ridiculez mayor? De Francia los perifollos, bueno; no ha de salir uno por ahí espantando a la gente, vestido como el año de la nanita... De Inglaterra los asados... y se acabó. Y diga usted, muy señor mío, de mi mayor aprecio, ¿cómo es eso de que somos salvajes los españoles y no lo es el resto del género humano? En primer lugar, ¿se puede saber a qué llama usted salvajadas? En segundo, ¿qué hace nuestro pueblo, pobre infeliz, que no hagan también los demás de Europa? Conteste.

—¡Ay!... ¡si me aplasta usted!... ¡si yo no sé por dónde ando! *Pietá, signor.* Vamos, duquesa, insisto en el ejemplo de antes: ¿ha visto usted la romería de San Isidro?

—Vaya si la he visto. Por cierto que es de lo más entretenido y pintoresco. Tipos se encuentran allí que... Tipos de oro. ¿Y los columpios? ¿Y los tíos vivos? ¿Y aquella animación, aquel hormiguero de la gente? Le digo a usted que, para mí, hay poco tan salado como estas fiestas populares. ¿Que abundan borracheras y broncas? Pues eso pasa aquí y en Flandes: ¿o se ha creído usted que allá, por la *Ingalaterra*, la gente no se pone nunca a medios pelos, ni se arma quimera, ni se hace barbaridad ninguna?

—Señora... —exclamó Pardo desalentado— usted es para mí un enigma. Gustos tan refinados en ciertas cosas, y tal indulgencia para lo brutal y lo feroz en otras, no me lo explico sino considerando que con un corazón y un ingenio de primera, pertenece usted a una generación bizantina y decadente, que ha perdido los ideales... Y no digo más porque se reiría usted de mí.

—Es muy saludable ese temor; así no me hablará usted de cosazas filosóficas que yo no entiendo —respondió la duquesa soltando una de sus carcajadas argentinas aunque reprimidas siempre—. No haga usted caso de este hombre, marquesa —murmuró volviéndose a mí—. Si se guía usted por él, la convertirá en una cuáquera. Vaya usted al Santo, y verá cómo tengo razón y aquello es muy original y muy famoso. Este señor ha descubierto que sólo se achispan los españoles: lo que es los ingleses, ¡angelitos de mi vida! ¡qué habían de ajumarse nunca!

—Señora —replicó el comandante riendo, pero sofocado ya—, los ingleses se achispan; conformes: pero se achispan con *sherry*, con cerveza o con esos alcoholes endiablados que ellos usan; no como nosotros, con el aire, el agua, el ruido, la música y la luz del cielo; ellos se volverán unos cepos así que trincan, pero nosotros nos volvemos fieras; nos entra en el cuerpo un espíritu maligno de bravata y fanfarronería, y por gusto nos ponemos a cometer las mayores ordinarieces, empeñándonos en imitar al populacho. Y esto lo mismo las damas que los caballeros, si a mano viene, como dicen en mi país. Transijamos con todo, excepto con la ordinariez, duquesa.

—Hasta la presente —declaró con gentil confusión la dama— no hemos salido ni la marquesa de Andrade ni yo a trastear ningún novillo.

—Pues todo se andará, señoras mías, si les dan paño —respondió el comandante.

—A este señor le arañamos nosotras —afirmó la duquesa fingiendo con chiste un enfado descomunal.

—¿Y el señor Pacheco, qué, nos ayuda? —murmuré volviéndome hacia el silencioso gatidano. Éste tenía los ojos fijos en mí, y sin apartarlos, disculpó su neutralidad declarando que ya nos defendíamos muy bien y maldita la falta que nos hacían auxilios ajenos; al poco rato miró al reloj, se levantó, despidióse con igual laconismo, y fuese. Su marcha varió por completo el giro de la conversación. Se habló de él, claro está: la Sahagún refirió que lo había tenido a su mesa, y añadió que ahí donde lo veíamos, hecho un moro por la indolencia y un inglés por la sosería, no era sino un calaverón de tomo y lomo, decente y caballero, sí, pero aventurero y gracioso como nadie, muy gastador y muy tronera, de quien su padre no podía hacer bueno, ni traerle al camino de la formalidad y del sentido práctico, pues lo único para que hasta la fecha servía era para trastornar la cabeza a las mujeres. Y entonces el comandante (he notado que a todos los hombres les molesta un poquillo que delante de ellos se diga de otros que nos trastornan la cabeza) murmuró como hablando consigo mismo:

—Buen ejemplar de raza española.

III

Bien sabe Dios que cuando al siguiente día, de mañana, salí a oír misa a San Pascual, por ser la festividad del Patrón de Madrid, iba yo con mi eucologio y mi mantillita hecha una santa, sin pensar en nada inesperado y novelesco, y a quien me profetizase lo que sucedió después, creo que le llevo a los tribunales por embustero e insolente. Antes de entrar en la iglesia, como era temprano, me deslicé a dar un borde por la calle de Alcalá, y recuerdo que, pasando frente al Suizo, dos o tres de esos chulos de pantalón estrecho y chaquetilla corta que se están siempre plantados allí en la acera, me echaron una sarta de requiebros de lo más desatinado; verbigracia: Olé, ¡viva la purificación de la canela! Uyuyuy, ¡vaya unos ojos que se trae usted, hermosa! Soniche, ¡viva hasta el cura que bautiza a estas hembras con mansanilla e lo fino! Trabajo me costó contener la risa al entreoír estos disparates; pero logré mantenerme sería y apreté el paso a fin de perder de vista a los ociosos.

Cerca de la Cibeles me fijé en la hermosura del día. Nunca he visto aire más ligero, ni cielo más claro; la flor de las acacias del paseo de Recoletos olía a gloria, y los árboles parecía que estrenaban vestido nuevo de tafetán verde. Ganas me entraron de correr y brincar como a los quince, y hasta se me figuraba que en mis tiempos de chiquilla no había sentido nunca tal exceso de vitalidad, tales impulsos de hacer extravagancias, de arrancar ramas de árbol y de chapuzarme en el pilón presidido por aquella buena señora de los leones... Nada menos que estas tonterías me estaba pidiendo el cuerpo a mí.

Seguí bajando hacia las Pascualas, con la devoción de la misa medio evaporada y distraído el espíritu. Poco distaba ya de la iglesia, cuando distinguí a un caballero, que parado al pie de corpulento plátano, arrojaba a los jardines un puro enterito, y se dirigía luego a saludarme. Y oí una voz simpática y ceceosa, que me decía:

—A los pies... ¿Adónde bueno tan de mañana y tan sola?

—Calle..., Pacheco... ¿Y usted? Usted sí que de fijo no viene a misa.

—¿Y usted qué sabe? ¿Por qué no he de venir a misa yo?

Trocamos estas palabras con las manos cogidas y una familiaridad muy extraña, dado lo ceremonioso y somero de nuestro conocimiento la víspera. Era sin duda que influía en ambos la transparencia y alegría de la atmósfera, haciendo comunicativa nuestra satisfacción y dando carácter expansivo a nuestra voz y actitudes. Ya que estoy dialogando con mi alma y nada ha de ocultarse, la verdad es que en lo cordial de mi saludo entró por mucho la favorable impresión que me causaron las prendas personales del andaluz. Señor ¿por qué no han de tener las mujeres derecho para encontrar guapos a los hombres que lo sean, y por qué ha de mirarse mal que lo manifiesten (aunque para manifestarlo dijesen tantas majaderías como los chulos del Café Suizo)? Si no lo decimos, lo pensamos, y no hay nada más peligroso que lo reprimido y oculto, lo que se queda dentro. En suma, Pacheco, que vestía un elegante terno gris claro, me pareció galán de veras; pero con igual sinceridad añadiré que esta idea no me preocupó arriba de dos segundos, pues yo no me pago solamente del exterior. Buena prueba di de ello casándome a los veinte con mi tío, que tenía lo menos cincuenta, y lo que es de gallardo...

Adelante. El señor de Pacheco, sin reparar que ya tocaban a misa, pegó la hebra, y seguimos de palique, guareciéndonos a la sombra del plátano, porque el sol nos hacía guiñar los ojos más de lo justo.

—Pero ¡qué madrugadora!

—¿Madrugadora porque oigo misa a las diez?

—Sí, señor: todo lo que no sea levantarse para almorsá...

—Pues usted hoy madrugó otro tanto.

—Tuve corasonada. Esta tarde estarán buenos los toros, ¿no va usted?

—No, hoy no irá la Sahagún, y yo generalmente voy con ella.

—¿Y a las carreras de caballos?

—Menos; me cansan mucho: una revista de trapos y moños, una insulsez. Ni entiendo aquel tejemaneje de apuestas. Lo único divertido es el desfile.

—Y entonces, ¿por qué no va a San Isidro?

—¡A San Isidro! ¡Después de lo que nos predicó ayer mi paisano!

—Buen caso hace usted de su paisano.

—Y, ¿creerá usted que con tantos años como llevo de vivir en Madrid, ni siquiera he visto la ermita?

—¿Que no? Pues hay que verla; se distraerá usted muchísimo; ya sabe lo que opina la duquesa, que esa fiesta merece el viaje. Yo no la conozco tampoco; verdá que soy forastero.

—Y... ¿y los borrachos, y los navajazos y todo aquello de que habló don Gabriel? ¿Será exageración suya?

—¡Yo qué sé! ¡Qué más da!

—Me hace gracia... ¿Dice usted que no importa? ¿Y si luego paso un susto?

—¡Un susto yendo conmigo!

—¿Con usted? —y solté la risa.

—¡Conmigo, ya se sabe! No tiene usted por qué reírse, que soy muy buen compañero.

Me reí con más ganas, no sólo de la suposición de que Pacheco me acompañase, sino de su acento andaluz, que era cerrado y sandunguero, sin tocar en ordinario, como el de ciertos señoritos que parecen asistentes.

Pacheco me dejó acabar de reír, y sin perder su seriedad, con mucha calma, me explicó lo fácil y divertido que sería darse una vueltecita por la feria a primera hora, regresando a Madrid sobre las doce o la una. ¡Si me hubiese tapado con cera los oídos entonces, cuántos males me evitaría! La proposición, de repente, empezó a tentarme, recordando el dicho de la Sahagún: —«Vaya usted al Santo, que aquello es muy original y muy famoso»—. Y realmente, ¿qué mal había en satisfacer mi curiosidad?, pensaba yo. Lo mismo se oía misa en la ermita del Santo que en las Pascualas; nada desagradable podía ocurrirme llevando conmigo a Pacheco; y si alguien me veía con él, tampoco sospecharía cosa mala de mí a tales horas y en sitio tan público. Ni era probable que anduviese por allí la sombra de una persona decente ¡en día de carreras y toros!, ¡a las diez de la mañana! La escapatoria no ofrecía riesgo... ¡y el tiempo convidaba tanto! En fin, que si Pacheco porfiaba algo más, lo que es yo...

Porfió sin impertinencia, y tácitamente, sonriendo, me declaré vencida. ¡Solemne ligereza! Aún no había articulado el sí, y ya discutíamos los medios de locomoción. Pacheco propuso, como más popular y típico, el tranvía; pero yo, a fin de que la cosa no tuviese el menor aspecto de informalidad, preferí mi coche. La cochera no estaba lejos: calle del Caballero de Gracia. Pacheco avisaría, mandaría que enganchasen e iría a recogerme a mi casa, por donde yo necesitaba pasar antes de la excursión. Tenía que tomar el abanico, dejar el devocionario, cambiar mantilla por sombrero... En casa le esperaría. Al punto que concertamos estos detalles, Pacheco me apretó la mano y se apartó corriendo de mí. A la distancia de diez pasos se paró y preguntó otra vez:

—¿Dice usted que el coche cierra en el Caballero de Gracia?

—Sí, a la izquierda..., un gran portalón...

Y tomé aprisita el camino de mi vivienda, porque la verdad es que necesitaba hacer muchas más cosas de las que le había confesado a Pacheco; pero, ¡vaya usted a enterar a un hombre!... Arreglarme el pelo, darme velutina, busca un pañolito fino, escoger unas botas nuevas que me calzan muy bien, ponerme guantes frescos y echarme en el bolsillo un *sachet* de raso que huele a *iris* (el único perfume que no me levanta dolor de cabeza). Porque al fin, aparte de todo, Pacheco era para mí persona de cumplido; íbamos a pasar algunas horas juntos y observándonos muy de cerca, y no me gustaría que algún rasgo de mi ropa o mi persona le produjese efecto desagradable. A cualquier señora, en mi caso, le sucedería lo propio.

Llegué al portal sofocada y anhelosa, subí a escape, llamé con furia y me arrojé en el tocador, desprendiéndome la mantilla antes de situarme frente al espejo. «Ángela, el sombrero negro de paja con cinta escocesa... Ángela, el antuca a cuadritos..., las botas bronceadas...»

Vi que la Diabla se moría de curiosidad... «¿Sí? Pues con las ganas de saber te quedas, hija... La curiosidad es muy buena para la ropa blanca. Pero no se le coció a la chica el pan en el cuerpo, y me soltó la píldora.

—¿La señorita almuerza en casa?

Para desorientarla respondí:

—Hija, no sé... Por si acaso, tenerme el almuerzo listo de doce y media a una... Si a la una no vengo, almorzad vosotros..., pero reservándome siempre una chuleta y una taza de caldo... y mi té con leche y mis tostadas.

Cuando estaba arreglando los rizos de la frente bajo el ala del sombrero, reparé en un precioso cacharro azul, lleno de heliotropos, gardenias y claveles, que estaba sobre la chimenea.

—¿Quién ha mandado eso?

—El señor comandante Pardo..., el señorito Gabriel.

—¿Por qué no me lo enseñabas?

—Vino la señorita tan aprisa... Ni me dio tiempo.

No era la primera vez que mi paisano me obsequiaba con flores. Escogí una gardenia y un clavel rojo, y prendí el grupo en el pecho. Sujeté el velo con un alfiler, tomé un casaquín ligero de paño, mandé a Ángela que me estirase la enagua y volante, y me asomé a ver si por milagro había llegado el coche. Aún no, porque era imposible; pero a los diez minutos desembocaba a la entrada de la calle. Entonces salí a la antesala, andando despacio, para que la Diabla no acabase de escamarse; me contuve hasta cruzar la puerta, y ya en la escalera, me precipité, llegando al portal cuando se paraba la berlina y saltaba en la acera Pacheco.

—¡Qué listo anduvo el cochero! —le dije.

—El cochero y un servidor de usted, señora —contestó el gaditano, teniendo la portezuela para que yo subiese—. Con estas manos he ayudao a echar las guarniciones, y hasta se me figura que a lavar las ruedas.

Salté en la berlina, quedándome a la derecha, y Pacheco entró por la portezuela contraria, a fin de no molestarme y con ademán de profundo respeto... ¡Valiente hipócrita está él! Nos miramos indecisos por espacio de una fracción de segundo, y mi acompañante me preguntó en voz sumisa:

—¿Doy orden de ir camino de la pradera?

—Sí, sí... Dígaselo usted por el vidrio.

Sacó fuera la cabeza y gritó: «¡Al Santo!» La berlina arrancó inmediatamente, y entre el primer retemblido de los cristales exclamó Pacheco:

—Veo que se ha prevenido usted contra el calor y el sol... Todo hace falta.

Sonreí sin responder, porque me encontraba (y no tiene nada de sorprendente) algo cohibida por la novedad de la situación. No se desalentó el gaditano.

—Lleva usted ahí unas flores preciosas... ¿No sobraba para mí ninguna? ¿Ni siquiera una rosita de a ochavo? ¿Ni un palito de albahaca?

—Vamos —murmuré—, que no es usted poco pedigüeño... Tome usted, para que se calle.

Desprendí la gardenia y se la ofrecí. Entonces hizo mil remilgos y zalemas.

—Si yo no pretendía tanto... Con el rabillo me contentaba, o con media hoja, que usted le arrancase... ¡Una gardenia para mí solo! No sé cómo lucirla... No se me va a sujetar en el ojal... A ver si usted consigue con esos deditos...

—Vamos, que usted no pedía tanto, pero quiere que se la prenda ¿eh? Vuélvase usted un poco, voy a afianzársela.

Introduje el rabo postizo de la flor en el ojal de Pacheco, y tomando de mi corpiño un alfiler sujeté la gardenia, cuyo olor a pomada me subía al cerebro, mezclado con otro perfume fino, procedente, sin duda, del pelo de mi acompañante. Sentí un calor extraordinario en el rostro, y al levantarlo mis ojos se tropezaron con los del meridional, que en vez de darme las gracias, me contempló de un modo expresivo e interrogador. En aquel momento casi me arrepentí de la humorada de ir a la feria; pero ya...

Torcí el cuello y miré por la ventanilla. Bajábamos de la plazuela de la Cebada a la calle de Toledo. Una marea de gente, que también descendía hacia la pradera, rodeaba el coche y le impedía a veces rodar. Entre la multitud dominguera se destacaban los vistosos colorines de algún bordado pañolón de Manila, con su fleco de una tercia de ancho. Las chulas se volvían y registraban con franca curiosidad el interior de la berlina. Pacheco sacó la cabeza y le dijo a una no sé qué.

—Nos toman por novios —advirtió dirigiéndose a mí—. No se ponga usted más colorada: es lo que le faltaba para acabar de estar linda —añadió medio entre dientes.

Hice como si no oyese el piropo y desvié la conversación, hablando del pintoresco aspecto de la calle de Toledo, con sus mil tabernillas, sus puestos ambulantes de quincalla, sus anticuadas tiendas y sus paradores, que se conservan lo mismito que en tiempo de Carlos IV. Noté que Pacheco se fijaba poco en tales menudencias, y en vez observar las curiosidades de la calle más típica que tiene Madrid, llevaba los ojos puestos en mí con disimulo, pero con pertinacia, como el que estudia una fisonomía desconocida para leer en ella los pensamientos de la dueña. Yo también, a hurtadillas, procuraba enterarme de los más mínimos ápices de la cara de Pacheco. No dejaba de llamarme la atención la mezcla de razas que creía ver en ella. Con un pelo negrísimo y una tez quemada del sol, casaban mal aquel bigote dorado y aquellos ojos azules.

—¿Es usted hijo de inglesa? —le pregunté al fin—. Me han contado que en la costa del Mediterráneo hay muchas bodas entre ingleses y españoles, y al revés.

—Es cierto que hay muchísimas, en Málaga sobre todo; pero soy español de pura sangre.

Le volví a mirar y comprendí lo tonto de mi pregunta. Ya recordaba haber oído a algún sabio de los que suele convidar a comer la Sahagún cuando no tiene otra cosa en qué entretenerse, que es una vulgaridad figurarse que los españoles no pueden ser rubios, y que, al contrario, el tipo rubio abunda en España, sólo que no se confunde con el rubio sajón, porque es mucho más fino, más enjuto, así al modo de los caballos árabes. En efecto, los ingleses que yo conozco son por lo regular unos montones de carne sanguínea, que al parecer se escapa sola a la parrilla del rosbif; tienen cada cogote y cada pescuezo como ruedas de remolacha, las bocas de ellos dan asco de puro coloradotas, y las frentes, de tan blancas, fastidian ya, porque eso de la *frente pura* está bueno para las señoritas, no para los hombres. ¿Cuándo se verá en ningún inglés un corte de labios sutil, y una sien hundida, y un cuello delgado y airoso como el de Pacheco? Pero al grano: pues ¿no me entretengo recreándome en las perfecciones de ese pillo?

¡Qué hermoso y alegre estaba el puente de Toledo! Lo recuerdo como se recuerda una decoración del Teatro Real. Hervía la gente, y mirando hacia abajo, por la pradera y por todas las orillas del Manzanares no se veían más que grupos, procesiones, corrillos, escenas animadísimas de esas que se pintan en las panderetas. A mí ciertos monumentos, por ejemplo las catedrales, casi me parecen más bonitas solitarias; pero el puente de Toledo, con sus retablazos, o nichos, o lo que sean aquellos fantasmones barrocos que le guarnecen a ambos lados, no está bien sin el rebullicio y la algazara de la gentuza, los chulapos y los tíos, los carniceros y los carreteros, que parece que acaban de bajarse de un lienzo de Goya. Ahora que se han puesto tan de moda los casacones, el puente tiene un encanto especial. Nuestro coche dio vuelta para tomar el camino de la pradera, y allí, en el mismo recodo, vi una tienda rara, una botería, en cuya fachada se ostentaban botas de todos los tamaños, desde la que mide treinta azumbres de vino, hasta la que cabe en el bolsillo del pantalón. Pacheco me propuso que, para adoptar el tono de la fiesta, comprásemos una botita muy cuca que colgaba sobre el escaparate y la llenásemos de Valdepeñas: proposición que rechacé horrorizada.

No sé quién fue el primero que llamó feas y áridas a las orillas del Manzanares, ni por qué los periódicos han de estar siempre soltándole pullitas al pobre río, ni cómo no prendieron a aquel farsante de escritor francés (Alejandro Dumas, si no me engaño) que le ofreció de limosna un vaso de agua. Convengo en que no es muy caudaloso, ni tan frescachón como nuestro Miño o nuestro Sil; pero vamos, que no falta en sus orillas algún rinconcito ameno, verde y simpático. Hay árboles que convidan a descansar a la sombra, y unos puentes rústicos por entre los lavaderos, que son bonitos en cualquier parte. La verdad es que acaso influía en esta opinión que formé entonces el que se me iba quitando el susto y me rebosaba el contento por haber realizado la escapatoria. Varios motivos se reunían para completar mi satisfacción. Mi traje de céfiro gris, sembrado de anclitas rojas, era de buen gusto en una excursión matinal como aquélla; mi sombrero negro de paja me sentaba bien, según comprobé en el vidrio delantero de la berlina; el calor aún no molestaba mucho; mi acompañante me agradaba, y la calaverada, que antes me ponía miedo, iba pareciéndome lo más inofensivo del mundo, pues no se veía por allí ni rastro de persona regular que pudiese conocerme. Nada me aguaría tanto la fiesta como tropezarme con algún tertuliano de la Sahagún, o vecina de butacas en el Real, que fuese luego a permitirse comentarios absurdos. Sobran personas maldicientes y deslenguadas que interpretan y traducen siniestramente las cosas más sencillas, y de poco le sirve a una mujer pasarse la vida muy sobre aviso si se descuida una hora... (Sí, y lo que es a mí, en la actualidad, me caen muy bien estas reflexiones. En fin, prosigamos.) El caso es que la pradera ofrecía aspecto tranquilizador. Pueblo aquí, pueblo allí, pueblo en todas direcciones; y si algún hombre vestía americana, en vez de chaquetón o chaquetilla, debía ser criado de servicio, escribiente temporero, hortera, estudiante pobre, lacayo sin colocación, que se tomaba un día de asueto y holgorio. Por eso, cuando a la subida del cerro, donde ya no pueden pasar los carruajes, Pacheco y yo nos bajamos de la berlina, parecíamos, por el contraste, pareja de archiduques, que, tentados de la curiosidad, se van a recorrer una fiesta populachera, deseosos de guardar el incógnito y delatados por sus elegantes trazas.

En fuerza de su novedad me hacía gracia el espectáculo. Aquella romería no tiene nada que ver con las de mi país, que suelen celebrarse en sitios frescos, sombreados por castaños o nogales, con una fuente o riachuelo cerquita y el santuario en el monte próximo... El campo de San Isidro es una serie de cerros pelados, un desierto de polvo, invadido por un tropel de gente entre la cual no se ve un solo campesino, sino soldados, mujerzuelas, chisperos, ralea apicarada y soez; y en lugar de vegetación, miles de tinglados y puestos donde se venden cachivaches que, pasado el día del Santo, no vuelven a verse en parte alguna: pitos adornados con hojas de papel de plata y rosas estupendas; vírgenes pintorreadas de esmeralda, cobalto y bermellón; medallas y escapularios igualmente rabiosos; loza y cacharros; figuritas groseras de toreros y picadores; botijos de hechuras raras; monigotes y fantoches con la cabeza de Martos, Sagasta o Castelar; ministros a *dos reales;* esculturas de los *ratas* de *La Gran Vía,* y al lado de la efigie del bienaventurado San Isidro, unas figuras que... ¡Válgame Dios! Hagamos como si no las viésemos.

Aparte del sol que le derrite a uno la sesera y del polvo que se masca, bastan para marear tantos colorines vivos y metálicos. Si sigo mirando, van a dolerme los ojos. Las naranjas apiñadas parecen de fuego; los dátiles relucen como granates oscuros; como pepitas de oro los garbanzos tostados y los cacahuetes; en los puestos de flores no se ven sino claveles amarillos, sangre de toro, o de un rosa tan encendido como las nubes a la puesta del sol: las emanaciones de toda esta clavelería no consiguen vencer el olor a aceite frito de los buñuelos, que se pega a la garganta y produce un cosquilleo inaguantable. Lo dicho, aquí no hay color que no sea desesperado: el uniforme de los militares, los mantones de las chulas, el azul del cielo, el amarillento de la tierra, los tiovivos con listas coloradas y los columpios dados de almagre con rayas de añil... Y luego la música, el rasgueo de las guitarras, el tecleo insufrible de los pianos mecánicos que nos aporrean los oídos con el pasodoble de *Cádiz* repitiendo desde treinta sitios de la romería: *¡Vi-Va España!*

Nadie imagine maliciosamente que se me había pasado lo de oír misa. Tratamos de romper por entre el gentío y de deslizarnos en la ermita, abierta de par en par a los devotos; pero éstos eran tantos, y tan apiñados, y tan groseros, y tan malolientes, que si porfío en llegar a la nave, me sacan de allí desmayada o difunta. Pacheco jugaba los brazos y los puños, según podía, para defenderme; sólo lograba que nos apretasen más y que oyésemos juramentos y blasfemias atroces. Le tiré de la manga.

—Vámonos, vámonos de aquí... Renuncio... No se puede.

Cuando ya salimos a atmósfera respirable, suspiré muy compungida.

—¡Ay, Dios mío!... Sin misa hoy...

—No se apure —me contestó mi acompañante— que yo oiré por usted aunque sea todas las gregorianas... Ya ajustaremos esa cuenta.

«A mí sí que me la ajustará el padre Urdax tan pronto me eche la vista encima», pensaba para mis adentros mientras me tentaba el hombro, donde había recibido un codazo feroz de uno de aquellos cafres.

IV

Don Diego, que en el coche se me figuraba reservado y tristón, se volvió muy dicharachero desde que andábamos por San Isidro, justificando su fama de buena sombra. Sujetando bien mi brazo para que las mareas de gente no nos separasen, él no perdía ripio, y cada pormenor de los tinglados famosos le daba pretexto para un chiste, que muchas veces no era tal sino en virtud del tono y acento con que lo decía, porque es indudable que si se escribiesen

las ocurrencias de los andaluces, no resultarían tan gracio-
sas, ni la mitad, de lo que parecen en sus labios; al sonso-
nete, al ceceíllo y a la prontitud en responder se debe la
mayor parte del salero.

Lo peor fue que como allí no había más personas regu-
lares que nosotros, y Pacheco se metía con todo el mundo
y a todo el mundo daba cuerda, nos rodeó la canalla de
mendigos, fenómenos, chiquillos harapientos, gitanas, bu-
ñoleras y vendedoras. El impulso de mi acompañante era
comprar cuanto veía, desde los escapularios hasta los botijos, pero me cuadré.

—Si compra usted más, me enfado.

—¡Soniche! San acabao las compras. ¡Que san acabao
digo! Al que no me deje en paz, le doy en igual de dinero,
cañaso. ¿Tiene usted más que mandar?

—Mire usted, pagaría por estar a la sombra un ratito.

—¿En la cárcel por comprometedora? Llamaremos a la
pareja y verasté qué pronto.

Ahora que reflexiono a sangre fría, caigo en la cuenta de
que era bastante raro y muy inconveniente que a los tres
cuartos de hora de pasearnos juntos por San Isidro, nos
hablásemos don Diego y yo con tanta broma y llaneza. Es
posible, bien mirado, que mi paisano tenga razón; que
aquel sol, aquel barullo y aquella atmósfera popular obren
sobre el cuerpo y el alma como un licor o vino de los que
más se suben a la cabeza, y rompan desde el primer momento la valla de reserva que trabajosamente levantamos
las señoras un día y otro contra peligrosas osadías. De
cualquier índole que fuese, yo sentía ya un principio de
mareo cuando exclamé:

—En la cárcel estaría a gusto con tal que no hiciese sol...
Me encuentro así..., no sé cómo..., parece que me desva-
nezco.

—Pero, ¿se siente usted mala?..., ¿mala? —preguntó Pacheco seriamente, con vivo interés.

—Lo que se dice mala, no; es una fatiga, una sofoca-
ción... Se me nubla la vista.

Echóse Pacheco a reír y me dijo casi al oído:

—Lo que usted tiene ya lo adivino yo, sin necesidad de ser sahorí... Usted tiene ni más ni menos que... gasusa.

—¿Eh?

—Debilidad, hablando pronto... ¡Y no es usted sola! Yo hace rato que doy las boqueás de hambre. ¡Si debe de ser mediodía!

—Puede, puede que no se equivoque usted mucho. A estas horas suelen pasearse los ratoncitos por el estómago... Ya hemos visto el Santo; volvámonos a Madrid y podrá usted almorzar, si gusta acompañarme...

—No, señora... Si eso que usted discurre es un pueblo. Si lo que vamos a hacer es almorsá en una fondita de aquí. ¡Que las hay!...

Se llevó los dedos apiñados a la boca y arrojó un beso al aire para expresar la excelencia de las fondas de San Isidro.

Aturdida y todo como me encontraba, la idea me asustó; me pareció indecorosa y vi de una ojeada sus dificultades y riesgos. Pero al mismo tiempo, allá en lo íntimo del alma, aquellos escollos me la hacían deliciosa, apetecible, como es siempre lo vedado y lo desconocido. ¿Era Pacheco algún atrevido, capaz de faltarme si yo no le daba pie? No por cierto; y el no darle pie quedaba de mi cuenta. ¡Qué buen rato me perdía rehusando! ¿Qué diría Pardo de esta aventura si la supiese? Con no contársela... Mientras discurría así, en voz alta me negaba terminantemente... Nada, a Madrid de seguida.

Pacheco no cejó, y en vez de formalizarse, echó a broma mi negativa. Con mil zalamerías y agudezas, ceceando más que nunca, afirmó que espicharía de necesidad si tardase en almorzar arriba de veinte minutos.

—Que me pongo de rodillas aquí mismo... —exclamaba el muy truhán—. Ea, un sí de esa boquita... ¡Usted verá el gran almuerzo del siglo! Fuera escrúpulos... ¿Se ha pensao usted que mañana voy yo a contárselo a la señá duquesa de Sahagún? A este probetico..., ¡una limosna de armuerso!

Acabó por entrarme risa y tuve la flaqueza de decir:

—Pero... ¿y el coche, que está aguardando allá abajo?

—En un minuto se le avisa... Que se procure cochera aquí... Y si no, que vuelva a Madrid hasta la puesta de sol... Espere usted, buscaré alguno que le lleve el recao... No la he de dejar aquí solita pa que se la coma un lobo; eso sí que no.

Debió de oírlo un guindilla que andaba por allí ejerciendo sus funciones, y en tono tan reverente y servicial como bronco lo usaba para intimar a la gentuza que se *desapartase,* nos dijo con afable sonrisa:

—Yo aviso, si justan... ¿Dónde está o coche? ¿Cómo le llaman al cochero?

—Éste no es de mi tierra, ni nada. ¿De qué parte de Galicia? —pregunté al agente.

—Desviado de Lujo tres légoas, a la banda de Sarria, para servir a vusté —explicó él, y los ojos le brillaron de alegría al encontrarse con una paisana—. «¿Si éste me conocerá por conducto de la Diabla?» —pensé yo recelosa; pero mi terror sería infundado, pues el agente no añadió nada más. Para despacharle pronto, le expliqué:

—¿Ve aquella berlina con ruedas encarnadas..., cochero mozo, con patillas, librea verde? Allá abajo... Es la octava en la fila.

—Bien veo, bien.

—Pues va usted —ordenó Pacheco— y le dice que se largue a Madrí con viento fresco, y que por la tardesita vuerva y se plantifique en el mismo lugar. ¿Estamos, compadre?

Noté que mi acompañante extendía la mano y estrechaba con gran efusión la del guindilla; pero no sería esta distinción lo que tanto le alegró la cara a mi conterráneo, pues le vi cerrar la diestra deslizándola en el bolsillo del pantalón, y entreoí la fórmula gallega clásica:

—De hoy en cien años.

Libre ya del apéndice del carruaje, por instinto me apoyé más fuerte en el brazo de don Diego, y él a su vez estrechó el mío como ratificando un contrato.

—Vamos poquito a poco subiendo al cerro... Ánimo y cogerse bien.

El sol campeaba en mitad del cielo, y vertía llamas y echaba chiribitas. El aire faltaba por completo; no se respiraba sino polvo arcilloso. Yo registraba el horizonte tratando de descubrir la prometida fonda que siempre sería un techo, preservativo contra aquel calor del Senegal. Mas no se veía rastro de edificio grande en toda la extensión del cerro, ni antes ni después. Las únicas murallas blancas que distinguí a mi derecha eran las tapias de la Sacramental, a cuyo amparo descansaban los muertos sin enterarse de las locuras que del otro lado cometíamos los vivos. Amenacé a Pacheco con el palo de la sombrilla:

—¿Y esa fonda? ¿Se puede saber hasta qué hora vamos a andar buscándola?

—¿Fonda? —saltó Pacheco como si le sorprendiese mucho, mi pregunta—. ¿Dijo usted fonda? El caso es... Mardito sea si sé a qué lado cae.

—¡Hombre..., pues de veras que tiene gracia! ¿No aseguraba usted que había fondas preciosas, magníficas? ¡Y me trae usted con tanta flema a asarme por estos vericuetos! Al menos entérese... Pregunte a cualquiera, ¡al primero que pase!

—¡Oigasté..., cristiano!

Volvióse un chulo de pelo alisado en peteneras, manos en los bolsillos de la chaquetilla, hocico puntiagudo, gorra alta de seda, estrecho pantalón y viciosa y pálida faz; el tipo perfecto del rata, de esos mocitos que se echa uno a temblar al verlos, recelando que hasta el modo de andar le timen.

—¿Hay por aquí alguna fonda, compañero? —interrogó Pacheco alargándole un buen puro.

—Se estima... Como haber fondas, hay fondas: misté por ahí too alredor, que fondas son; pero tocante a fonda, vamos, según se ice, de comías finas, pa la gente e aquel, me pienso que no hallarán ustés conveniencia; digo, esto me lo pienso yo; ustés verán.

—No hay más que merenderos, está visto —pronunció Pacheco bajo y con acento pesaroso.

Al ver que él se mostraba disgustado, yo, por ese instinto de contradicción humorística que en situaciones tales se nos desarrolla a las mujeres, me manifesté satisfecha. Además, en el fondo, no me desagradaba comer en un merendero. Tenía más *carácter*. Era más nuevo e imprevisto, y hasta menos clandestino y peligroso. ¿Qué riesgo hay en comer en un barracón abierto por todos lados donde está entrando y saliendo gente? Es tan inocente como tomar un vaso de cerveza en un café al aire libre.

V

Convencidos ya de que no existía fonda ni sombra de ella, o de que nosotros no acertábamos a descubrir, miramos a nuestro alrededor, eligiendo el merendero menos indecente y de mejor trapío. Casi en lo alto del cerro campeaba uno bastante grande y aseado; no ostentaba ningún rótulo extravagante, como los que se leían en otros merenderos próximos, verbigracia: «Refrescos de los que usava el Santo.» «La mar en vevidas y comidas.» «La Brillantez: callos y caracoles.» A la entrada (que puerta no tenía) hallábase de pie una chica joven, de fisonomía afable, con un puñal de níquel atravesado en el moño; y no había otra alma viviente en el merendero, cuyas seis mesas vacías me parecieron muy limpias y fregoteadas. Pudiera compararse el barracón a una inmensa tienda de campaña: las paredes de lona, el techo de unas esteras tendidas sobre palos; dividíase en tres partes desiguales, la menor ocultando la hornilla y el fogón donde guisaban; la grande, que formaba el comedor; la mediana, que venía a ser una trastienda donde se lavaban platos y cubiertos; pero estos misterios convinimos en que sería mejor no profundizarlos mucho, si habíamos de almorzar. El piso del merendero era de greda amarilla, la misma greda de todo el árido cerro, y una vieja, sucia y horrible, que frotaba con un estropajo las mesas, no necesitaba sino bajarse para encontrar la materia primera de aquel limpión inverosímil.

Tomamos posesión de la mesa del fondo, sentándonos en un banco de madera que tenía por respaldo la pared de lona del barracón. La muchacha, con su perrera pegada a la frente por grandes churretazos de goma y su puñal de níquel en el moño, acudió solícita a ver qué mandábamos: olfateaba parroquianos gordos, y acaso adivinaba o presentía otra cosa, pues nos dirigió unas sonrisitas de inteligencia que me pusieron colorada. Decía a gritos la cara de la chica: «Buen par están estos dos... ¿Qué manía les habrá dado de venir a arrullarse en el Santo? Para eso más les valía quedarse en su nido..., que no les faltará de seguro.» Yo, que leía semejantes pensamientos en los ojos de la muy entremetida, adopté una actitud reservada y digna, hablando a Pacheco como se habla a un amigo íntimo, pero *amigo* a secas; precaución que lejos de desorientar a la maliciosa muchacha, creo que sólo sirvió para abrirle más los ojos. Nos dirigió la consabida pregunta:

—¿Qué van a tomar?

—¿Qué nos puede usted dar? —contestó Pacheco—. Diga usted lo que hay, resalada..., y la señora irá escogiendo.

—Como haber..., hay de todo. ¿Quieren almorzar formalmente?

—Con toa formaliá.

—Pues de primer plato... una tortillita... o huevos revueltos.

—Vaya por los huevos revueltos. ¿Y hay magras?

—¿Unas magritas de jamón? Sí.

—¿Y chuletas?

—De ternera, muy ricas.

—¿Pescado?

—Pescado, no... Si quieren latas... tenemos escabeche de besugo, sardinas...

—¿Ostras no?

—Como ostras..., no, señora. Aquí pocas cosas finas se pueden despachar. Lo general que piden... callos y caracoles, Valdepeñas, chuletas...

—Usted resolverá —indiqué volviéndome a Pacheco.

—¿He de ser yo? Pues tráigamos de too eso que hemos dicho, niña bonita..., huevos, magras, ternera, lata de sardinas... ¡Ay! y lo primero de too se va usted a traer por los aires una boteya e mansaniya y unas cañitas... Y aseitunas.

—Y después... ¿qué es lo que les he de servir? ¿Las chuletas antes de nada?

—No; misté, azucena: nos sirve usted los huevos, luego el jamón, las sardinas, las chuletitas... De postre, si hay algún queso...

—¡Ya lo creo que sí! De Flandes y de Villalón... Y pasas, y almendras, y rosquillas, y avellanas tostás...

—Pues vamos a armorsá mejor que el Nuncio.

Esto mismo que exclamó Pacheco frotándose las manos, lo pensaba yo. Aquellas ordinarieces, como diría mi paisano el filósofo, me abrían el apetito de par en par. Y aumentaba mi buena disposición de ánimo el encontrarme a cubierto del terrible sol.

Verdad que estaba a cubierto lo mismo que el que sale al campo a las doce del día bajo un paraguas. El sol, si no podía ensañarse con nuestros cráneos, se filtraba por todas partes y nos envolvía en un baño abrasador. Por entre las esteras mal juntas del techo, al través de la lona, y sobre todo, por el abierto frente a la tienda, entraban a oleadas, a torrentes, no sólo la luz y el calor del astro, sino el ruido, el oleaje del humano mar, los gritos, las disputas, las canciones, las risotadas, los rasgueos y punteos de guitarra y vihuela, el infernal pasodoble, el *¡Viva España!* de los duros pianos mecánicos.

Casi al mismo punto en que la chica del puñal de níquel depositaba en la mesa una botella rotulada *Manzanilla*

superior, dos cañas de vidrio más basto y dos conchas con
rajas de salchichón y aceitunas *aliñás,* se coló por la abertura una mujer desgreñada, cetrina, con ojos como carbo-
nes, saya de percal con almidonados faralaes y pañuelo de
crespón de lana desteñido y viejo, que al cruzarse sobre el
pecho dejaba asomar la cabeza de una criatura. La mujer
se nos plantó delante, fija la mano izquierda en la cadera
y accionando con la derecha, de qué modo se sostenía el
chiquillo es lo que no entiendo.

—En er nombre e Dios, Pare, Jijo y Epíritu Zanto, que
donde va er nombre e Dios no va cosa mala. Una palabrita
les voy a icir, que lase a ostés mucha farta saberla...

—¡Calle! —grité yo contentísima—. ¡Una gitana que
nos va a decir la buenaventura!

—¿La mando que se largue? ¿La incomoda a usted?

—¡Al contrario! Si me divierte lo que no es imaginable.
Verá usted cuántos enredos va a echar por esa boca. Ea, la
buenaventura, pronto, que tengo una curiosidad inmensa
de oírla.

—Pué diñe osté la mano erecha, jermosa, y una moneíta
de plata pa jaser la cru.

Pacheco le alargó una peseta, y al mismo tiempo, ha-
biendo descorchado la manzanilla y pedido otra caña, se la
tendió llena de vino a la egipcia. Con este motivo armaron
los dos un tiroteo de agudezas y bromas; bien se conocía
que eran hijos de la misma tierra, y que ni a uno ni a otro
se les atascaban las palabras en el gaznate, ni se les agotaba
la labia aunque la derramasen a torrentes. Al fin la gitana
se embocó el contenido de la cañita, y yo la imité, porque,
con la sed, tentaba aquel vinillo claro. ¡Manzanilla superior! ¡A cualquier cosa llaman *superior* aquí! La manzanilla dichosa sabía a esparto, a piedra alumbre y a demonios
coronados; pero como al fin era un líquido, y yo con el
calor estaba para beberme el Manzanares entero, no resistí
cuando Pacheco me escanció otra caña. Sólo que en vez de
refrescarme, se me figuró que un rayo de sol, disuelto en

polvo, se me introducía en las venas y me salía en chispas
por los ojos y en arreboles por la faz. Miré a Pacheco muy
risueña, y luego me volví confusa, porque él me pagó la
mirada con otra más larga de lo debido.

—¡Qué bonitos ojos azules tiene este perdis! —pensaba
yo para mí.

El gaditano estaba sin sombrero; vestía un traje ceniza,
elegante, de paño rico y flexible; de vez en cuando se enju-
gaba la frente sudorosa con un pañuelo fino, y a cada
movimiento se le descomponía el pelo, bastante crecido,
negro y sedoso; al reír, le iluminaba la cara la blancura de
sus dientes, que son de los mejor puestos y más sanos que
he visto nunca, y aún parecía doblemente morena su tez, o
mejor dicho, doblemente tostada, porque hacia la parte
que ya cubre el cuello de la camisa se entreveía un cutis
claro.

—La mano, jermosa —repitió la gitana.

Se la alargué, y ella la agarró haciéndomela tener abierta. Pacheco contemplaba las dos manos unidas.

—¡Qué contraste! —murmuró en voz baja, no como el
que dice una galantería a una señora, sino como el que
hace una reflexión entre sí.

En efecto, sin vanidad, tengo que reconocer que la mano
de la gitana, al lado de la mía, parecía un pedazo de cecina
feísimo: la tumbaga de plata, donde resplandecía una esmeralda falsa espantosa, contribuía a que resaltase el color
cobrizo de la garra aquella, y claro está que mi diestra, que
es algo chica, pulida y blanca, con anillos de perlas, zafiros
y brillantes, contrastaba extrañamente. La buena de la
bohemia empezó a hacer sus rayas y ensalmos, endilgán-
donos una retahíla de esas que no comprometen, pues son
de doble sentido y se aplican a cualquier circunstancia,
como las respuestas de los oráculos. Todo muy recalcado
con los ojos y el ademán.

—Una cosa diquelo yo en esta manica, que hae suseder
mu pronto, y nadie saspera que susea... Un viaje me vasté
a jaser, y no ae ser para má, que ae ser pa satisfasión e

toos. Una carta me vasté a resibir, y lae alegrá lo que viene escribío en eya... Unas presonas me tiene usté que la quieren má, y están toas perdías por jaserle daño; pero der revé les ae salir la perra intensión... Una presoniya está chalaita por usté —(al llegar aquí la bruja clavó en Pacheco las ascuas encendidas de sus ojos)— y un convite le ae dar quien bien la quiere... Amorosica de genio me es usté; pero cuando se atufa, una leona brava de los montes se me güelve... Que no la enriten a usté y que le yeven toiticas las cosar ar pelo de la suavidá, que por la buena, corasón tiene usté pa tirarse en metá e la bahía e Cadis... Con mieles y no con hieles me la han de engatusar a usté... Un cariñiyo me vasté a tener mu guardadico en su pechito y no lo ae sabé ni la tierra, que secretica me es usté como la piedra e la sepultura... También una cosa le igo y es que usté mesma no me sabe lo que en ese corasonsiyo está guardao... Un cachito e gloria le va caer der sielo y pasmáa se quedará usté; que a la presente me está usté como los pajariyos, que no saben el árbol onde han de ponerse...

Si la dejamos, creo que aún sigue ahora ensartando tonterías. A mí su parla me entretenía mucho, pues ya se sabe que en esta clase de vaticinios tan confusos y tan latos, siempre hay algo que responde a nuestras ideas, esperanzas y aspiraciones ocultas. Es lo mismo que cuando, al tiempo de jugar a los naipes, vamos corriéndolos para descubrir sólo la pinta, y adivinamos o presentimos de un modo vago la carta que va a salir. Pacheco me miraba atentamente, aguardando a que me cansase de gitanerías para despedir a la profetisa. Viendo que ya la chica del puñal en el moño acudía con la fuente de huevos revueltos, solté la mano, y mi acompañante despachó a la gitana, que antes de poner pies en polvorosa aún pidió no sé qué para *er churumbeliyo*.

Empezábamos a servirnos del apetitoso comistrajo y a descorchar una botella de jerez, cuando otro cuerpo asomó en la abertura de la tienda, se adelantó hacia la mesa y recitó la consabida jaculatoria.

—En er nombre e Dió Pare, Jijo y Epíritu Zanto, que onde va er nombre e Dió...

—¡Estamos frescos! —gritó Pacheco—. ¡Gitana nueva!

—Claro —murmuró con aristocrático desdén la chica del merendero—. Como a la otra le han dado cuartos y vino, se ha corrido la voz... Y tendrán aquí a todas las de la romería.

Pacheco alargó a la recién venida unas monedas y un vaso de jerez.

—Bébase usté eso a mi salú..., y andar con Dios y najensia.

—E que les igo yo la buenaventura e barde... por el aqué de la sal del mundo que van ustés derramando.

—No, no... —exclamé yo casi al oído de Pacheco—. Nos va a encajar lo mismo que la otra; con una vez basta. Espántela usted... sin reñirla.

—Bébase usté el jerés, prenda... y najarse he dicho —ordenó el gaditano sin enojo alguno, con campechana franqueza.

La gitana, convencida de que no sacaba más raja ya, después de echarse al coleto el jerez y limpiarse la boca con el dorso de la mano, se largó con su indispensable *churumbeliyo*, que lo traía también escondido en el mantón como gusano en queso.

—¿Tienen todas su chiquitín? —pregunté a la muchacha.

—Todas, pues ya se ve —explicó ella con tono de persona desengañada y experta—. Valientes maulas están. Los chiquillos son tan suyos como de una servidora de ustedes. Infelices, los alquilan por ahí a otras bribonas, y sabe Dios el trato que les dan. Y está la romería plagada de estas tunantes, embusteronas. ¡Lástima de Abanico!

—¿Ustedes duermen aquí? —la dije por tirarla de la lengua—. ¿No tienen miedo a que de noche les roben las ganancias del día o la comida del siguiente?

—Ya se ve que dormimos con un ojo cerrado y otro abierto... Porque no se crea usted; nosotros tenemos un café a la salida de la Plaza Mayor y venimos aquí no más a poner el ambigú.

Comprendí que la chica se daba importancia, deseando probarme que era, socialmente, muy superior a aquella gentecilla de poco más o menos que andaba por los demás figones. A todo esto íbamos despachando la ración de huevos revueltos y nos disponíamos a emprenderla con las magras. Interceptó la claridad de la abertura otra sombra. Esta era una chula de mantón terciado, peina de bolas, brazos desnudos, que traía en un jarro de loza un inmenso haz de rosas y claveles, murmurando con voz entre zalamera y dolorida: —«¡Señoritico! ¡Cómpreme usté flores pa osequiar a esa buena moza!»— Al mismo tiempo que la florera, entraron en el mercado cuatro soldados, cuatro húsares jóvenes y muy bulliciosos, que tomaron posesión de una mesa pidiendo cerveza y gaseosa, metiendo ruido con los sables y regocijando la vista con su uniforme amarillo y azul. ¡Válgame Dios, y qué virtud tan rara poseen la manzanilla y el jerez, sobre todo cuando están encabezados y compuestos! Si en otra ocasión me veo yo almorzando así, entre soldados, creo que me da un soponcio; pero empezaba a tener subvertidas las nociones de la corrección y de la jerarquía social, y hasta me hizo gracia semejante compañía y la celebré con la risa más alegre del mundo. Pacheco, al observar mi buen humor, se levantó y fue a ofrecer a los húsares jerez y otros obsequios; de suerte que no sólo comíamos con ellos en el mismo bodegón, sino que fraternizábamos.

Cuando está uno de buen temple, ninguna cosa le disgusta. Alabé la comida; de la chula de los claveles les dije que parecía un boceto de Sala; y entonces Pacheco sacó de la jarra las flores y me las echó en el regazo, diciendo: —«Póngalas usted todas...»— Así lo ejecuté, y quedó mi pecho convertido en búcaro. Luego me hizo reír con toda mi alma una desvergonzada riña que se oyó por detrás de la pared de lona, y las ocurrencias de Pacheco que se lió con los húsares no recuerdo con qué motivo. Volvió a nublarse el sol que entraba por la abertura y apareció un pordiosero de lo más remendado y haraposo. No contento con aflojar buena limosna, Pacheco le dio palique largo, y el mendigo nos contó aventuras de su vida: una sarta de embustes, por supuesto. Oyóle el gaditano muy atentamente, y luego empezó a exigirle que trajese un guitarrillo y se cantase por lo más jondo. El pobre juraba y perjuraba que no sabía sino unas coplillas, pero sin música, y al fin le soltamos, bajo palabra de que nos traería un buen cantaor y tocaor de bandurria para que nos echase polos y peteneras hasta morir. Por fortuna hizo la del humo.

Yo, a todo esto, más divertida que en un sainete, y dispuesta a entenderme con las chuletas y el champagne. Comprendía, sí, que mis pupilas destellaban lumbre y en mis mejillas se podía encender un fósforo; pero lejos de percibir el atolondramiento que suponía precursor de la embriaguez, sólo experimentaba una animación agradabilísima, con la lengua suelta, los sentidos excitados, el espíritu en volandas y gozoso el corazón. Lo que más me probaba que *aquello* no era cosa alarmante, era que comprendía la necesidad de guardar en mis dichos y modales cierta reserva de buen gusto; y en efecto, la guardaba, evitando toda palabra o movimiento que siendo inocente pudiese parecer equívoco, sin dejar por eso de reír, de elogiar los guisos, de mostrarme jovial, en armonía con la situación... Porque allí, vamos, convengan ustedes en ello, también sería muy raro estar como si me hubiese tragado el molinillo.

VI

Pacheco, por su parte, me llevaba la corriente; cuidaba de que nunca estuviesen vacíos mi vaso ni mi plato, y ajustaba su humor al mío con tal esmero, cual si fuese un director de escena encargado de entretener y hacer pasar el mejor rato posible a un príncipe. ¡Ay! Porque eso sí, tengo que rendirle justicia al grandísimo socarrón, y una vez que me encuentro a solas con mi conciencia, reconocer que, animado, oportuno, bromista y (admitamos la terrible palabra) en *juerga* redonda conmigo, como se encontraba al fin y al cabo Pacheco, ni un dicho libre, ni una acción descompuesta o siquiera familiar llegó a permitirse. En ocasión tan singular y crítica hubiera sido descortesía y atrevimiento lo que en otra mero galanteo o *flirtación* (como dicen los ingleses). Esto lo entendía yo muy bien, aun entonces, y a la verdad, temía cualquiera de esas insinuaciones impertinentes que dejan a una mujer volada y le estropean el mejor rato. Sin la cabellerosa delicadeza de Pacheco, aquella situación en que impremeditadamente me había colocado pudo ser muy ridícula para mí. Pero la verdad por delante; su miramiento fue tal, que no me echó ni una flor, mientras hartaba de lindas, simpáticas y retrecheras a las gitanas, a la chica del puñal de níquel y hasta a la fregona del estropajo. Cierto que a veces sorprendí sus ojos azules que me devoraban a hurtadillas; sólo que apenas notaba que yo había caído en la cuenta, los desviaba a escape. Su acento era respetuoso, sus frases serias y sencillas al dirigirse sólo a mí. Ahora se me figura que tantas exquisiteces fueron calculadas, para inspirarme confianza e interés: ¡ah malvado! Y bien que me iba comprando con aquel porte fino.

Surgió de repente ante nosotros, sin que supiésemos por dónde había entrado, una figurilla color de yesca, una gitanuela de algunos trece años, típica, de encargo para modelo de un pintor: el pelo azulado de puro negro, muy aceitoso, recogido en castaña, con su peina de cuerno y su clavel sangre de toro; los dientes y los ojos brillantes, por contraste con lo atezado de la cara; la frente chata como la de una víbora, y los brazos desnudos, verdosos y flacos lo mismo que dos reptiles. Y con el propio tonillo desgarrado de las demás empezó la retahíla consabida:

—En er nombre de Dió Pare, Jijo...

De esta vez, la chica del merendero montó en cólera, y

dando al diablo sus pujos de señorita, se convirtió en chula de las más boquifrescas.

—¿Hase visto hato de pindongas? ¿No dejarán comer en paz a las personas decentes? ¿Conque las barre uno por un lado y se cuelan por otro? ¿Y cómo habrá entrado aquí semejante calamidá, digo yo? Pues si no te largas más pronto que la luz, bofetá como la que te arrimo no la has visto tú en tu vida. Te doy un recorrío al cuerpo que no te queda lengua pa contarlo.

La chiquilla huyó más lista que un cohete; pero no habrían transcurrido dos segundos, cuando vimos entreabrirse la lona que nos protegía las espaldas, y por la rendija del lienzo asomó una jeta que parecía la del mismo enemigo, unos dientes que rechinaban, un puño cerrado, negro como una bola de bronce, y la gitanilla becerreó:

—Arrastrá, condená, tía cochina, que malos retortijones te arranquen las tripas, y malos mengues te jagan picadillo e los jígados, y malas culebras te piquen, y remardita tiña te pegue con er moño pa que te quedes pelá como tu ifunta agüela...

Llegaba aquí de su rosario de maldiciones, cuando la del puñal, que así se vio tratada, empuñó el rabo de una cacerola y se arrojó como una fiera a descalabrar a la egipcia: al hacerlo, dio con el codo a una botella de jerez, que se derramó entera por el mantel. Este incidente hizo que la chica, olvidando el enojo, se echase a reír exclamando:

—¡Alegría, alegría! Vino en el mantel... ¡boda segura!— y, por supuesto, la gitana tuvo tiempo de afufarse más pronta que un pájaro.

No ocurrió durante el almuerzo ninguna otra cosa que recordarse merezca, y lo bien que hago memoria de todo cuanto pasó en él me prueba que estaba muy despejada y muy sobre mí. Apuramos el último sorbo de champagne y un empecatado café; saldó Pacheco la cuenta, gratificando como Dios manda, y nos levantamos con ánimo de recorrer la romería. Notaba yo cierta ligereza insólita en piernas y pies; me figuraba que se había suprimido el peso de mi cuerpo, y, en vez de andar, creía deslizarme sobre la tierra.

Al salir me deslumbró el sol: ya no estaba en el cenit ni mucho menos; pero era la hora en que sus rayos, aunque oblicuos, queman más: debían de ser las tres y media o cuatro de la tarde, y el suelo se rajaba de calor. Gente, triple que por la mañana, y veinte veces más bullanguera y estrepitosa. Al punto que nos metimos entre aquel bureo se me puso en la cabeza que me había caído en el mar: mar caliente, que herbía a borbotones, y en el cual flotaba yo dentro de un botecillo chico como una cáscara de nuez: golpe va y golpe viene, ola arriba y ola abajo. ¡Sí, era el mar; no cabía duda! ¡El mar, con toda la angustia y desconsuelo del mareo que empieza!

Lejos de disiparse esta aprensión, se aumentaba mientras iba internándome en la romería, apoyada en el brazo del gaditano. Nada, señores, que estaba en mitad del golfo. Los innumerables ruidos de voces, disputas, coplas, pregones, juramentos, vihuelas, organillos, pianos, se confundían en un rumor nada más; el mugido sordo con que el océano se estrella en los arrecifes; y allá a lo lejos los columpios, lanzados al aire con vuelo vertiginoso, me representaban lanchas y falúas balanceadas por el oleaje. ¡Ay Dios mío, y qué desvanecimiento, me entró al convencerme de que en efecto me encontraba en alta mar! Me agarré al brazo de Pacheco como me agarro en la temporada de baños al cuello del bañero robusto, para que no me lleve el agua... Sentía un pánico atroz y no me atrevía a confesarlo, porque tal vez mi acompañante se reiría de mí, por fuera o por dentro, si le dijese que me mareaba, que me mareaba a toda prisa.

Una peripecia nos detuvo breves instantes. Fue una pelea de mujerotas. Pelea muy rara: por lo regular, estas riñas van acompañadas de vociferaciones, de chillidos, de injurias, y aquí no hubo nada de eso. Eran dos mozas: una, que tostaba garbanzos en una sartén puesta sobre una hornilla; otra, que pasó y con las sayas derribó el artilugio.

Jamás he visto en rostro humano expresión de ferocidad como adquirió el de la tostadora. Más pronta que el rayo, recogió del suelo la sartén, y echándose a manera de irritada tigresa sobre la autora del desaguisado, le dio con el filo en mitad de la cara. La agredida se volvió sin exhalar un ay, corriéndole de la ceja a la mejilla un hilo de sangre; y trincando a su enemiga por el moño, del primer arrechucho le arrancó un buen mechón, mientras le clavaba en el pescuezo las uñas de la mano izquierda: cayeron a tierra las dos amazonas, rodando entre trébedes, hornillas y cazos; se formó alrededor corro de mirones, sin que nadie pensase en separarlas, y ellas seguían luchando, calladas y pálidas como muertas, una con la oreja rasgada ya, otra con la sien toda ensangrentada y un ojo medio saltado de un puñetazo. Los soldados se reían a carcajadas y les decían requiebros indecentes, en tanto que se despedazaban las infelices. Advertí por un instante que se me quitaba el mareo, a fuerza de repugnancia y lástima: me acordé de mi paisano Pardo, y de aquello del salvajismo y la barbarie española. Pero duró poco esta idea, porque en seguidita se me ocurrió otra muy singular: que las dos combatientes eran dos pescados grandes, así como golfines o tiburones, y que a coletazos y mordiscos, sin chistar, estaban haciéndose trizas. Y este pensamiento me renovó la fatiga del mareo de tal modo, que arrastré a Pacheco.

—Vámonos de aquí... No me gusta ver esto... Se matan.

Preguntóme don Diego si me sentía mal, en cuyo caso no visitaríamos los barracones donde enseñan panoramas y fenómenos. Respondí muy picada que me encontraba perfectamente y capaz de examinar todas las curiosidades de la romería. Entramos en varias barracas y vimos un enano, un ternero de dos cabezas, y por último, la mujer de cuatro piernas, muy pizpireta, muy escotada, muy vestida de seda azul con puntillas de algodón, y que enseñaba sonriendo —la risa del conejo— sus dobles muñones al extremo de cada rodilla. En esta pícara barraca se apoderó de mí, con más fuerza que nunca, la convicción de que me hallaba en alta mar, entregada a los vaivenes del océano. En el lado izquierdo del barracón había una serie de agujeritos redondos por donde se veía un cosmorama, y yo, empeñada en que eran las portas del buque, sin que me sacase de mi error el que al través de las susodichas portas se divisase, en vez del mar, la plaza del Carrousel..., el Arco de la Estrella..., el Coliseo de Roma... y otros monumentos análogos. Las perspectivas arquitectónicas me parecían desdibujadas y confusas, con gran tembleque y vaguedad de contornos, lo mismo que si las cubriese el trémulo velo de las olas. Al volverme y fijarme en el costado opuesto de la barraca, los grandes espejos de *rigolada*, de lunas cóncavas o convexas, que reflejaban mi figura con líneas grotescamente deformes, me parecieron también charcos de agua de mar... ¡Ay, ay, ay, qué malo se pone esto! Un terror espantoso cruzó por mi mente: ¿apostamos a que todas estas chifladuras marítimas y náuticas son pura y simplemente una..., vamos, una *filoxerita*, como ahora dicen? Pero, ¡si he bebido poco! ¡Si en la mesa me encontraba tan bien!

«Hay que disimular —pensé—. Que Pacheco no se entere... Volver a Madrid corriendo... ¡Quiá! El movimiento del coche me pierde, me acaba, de seguro... Aire, aire... ¡Si hubiese un rincón donde librarse de este gentío!»

O Pacheco leyó en mis pensamientos, o coincidió conmigo en sensaciones, pues se inclinó y en el tono más cariñoso y diferente murmuró a mi oído:

—Hace aquí un calor intolerable... ¿Verdad que sí? ¿Quiere usted que salgamos? Daremos una vueltecita por la pradera y la alameda; estará más despejado y más fresco.

—Vamos —respondí fingiendo indiferencia, aunque veía el cielo abierto con la proposición.

VII

Salimos de la barraca y bajamos del cerro a la alameda, siempre empujados y azotados por la ola del gentío, cuyas aguas eran más densas según iba acercándose la noche. Llegó un momento en que nos encontramos presos en remolino tal, que Pacheco me apretó fuertemente el brazo y tiró de mí para sacarme a flote. Me latían las sienes, se me encogía el corazón y se me nublaban los ojos: no sabía lo que me pasaba: un sudor frío bañaba mi frente. Forcejeábamos deseando romper por entre el grupo, cuando nos paró en firme una cosa tremenda que se apareció allí, enteramente a nuestro lado: un par de navajas desnudas, de esas *lenguas de vaca*, con su letrero de *si esta víbora le pica no hay remedio en la botica*, volando por los aires en busca de las tripas de algún prójimo. También relucían machetes de soldados, y se enarbolaban garrotes, y se oían palabras soeces, blasfemias de las más horribles... Me arrimé despavorida al gaditano, el cual me dijo a media voz:

—Por aquí... No pase usted cuidado... Vengo prevenido.

Le vi meter la mano en el bolsillo derecho del chaleco y asomarse a él la culata de un revólver: vista que redobló mi susto y mis esfuerzos para desviarme. No nos fue difícil, porque todo el mundo se arremolinaba en sentido contrario, hacia el lugar de la pendencia. Pronto retrocedimos hasta la alameda, sitio relativamente despejado. Allí y todo continuaban mis ilusiones marítimas dándome guerra. Los carruajes, los carros de violín, los ómnibus, las galeras, cuantos vehículos estaban en espera de sus dueños, me parecían a mí embarcaciones fondeadas en alguna bahía o varadas en la playa, paquebotes de vapor con sus ruedas, quechemarines con su arboladura. Hasta olor a carbón de piedra y a brea notaba yo. Que sí, que me había dado por la náutica.

—¿Vámonos a la orilla... allí, donde haya silencio? —supliqué a Pacheco—. ¿Dónde corra fresquito y no se ven un alma? Porque la gente me mat...

Un resto de cautela me contuvo a tiempo, y rectifiqué:

—Me fatiga.

—¿Sin gente? Dificilillo va a ser hoy... Mire usted —y Pacheco señaló, extendiendo la mano.

Por la praderita verde, por las alturas peladas del cerro, por cuanta extensión de tierra registrábamos desde allí, bullía el mismo hormigueo de personas, igual confusión de colorines, balanceo de columpios, girar de tiovivos y corros de baile.

—Hacia allá —murmuré— parece que hay un espacio libre.

Para llegar adonde yo indicaba era preciso saltar un vallado, bastante alto por más señas. Pacheco lo salvó, y desde el lado opuesto me tendió los brazos. ¡Cosa más particular! Pegué el brinco con agilidad sorprendente. Ni notaba el peso de mi cuerpo; se había derogado para mí la ley de gravedad: creo que podría hacer volatines. Eso sí, la firmeza no estaba en proporción con la agilidad, porque si me empujan con un dedo, me caigo y boto como una pelota.

Atravesamos un barbecho, que fue una serie de saltos de surco a surco, y por senderos realmente solitarios fuimos a parar a la puerta de una casuca que se bañaba los pies en el Manzanares. ¡Ay, qué descanso! Verse uno allí casi solo, sin oír apenas el estrépito de la romería, con un fresquito delicioso venido de la superficie del agua, y con la media oscuridad o al menos la luz tibia del sol que iba poniéndose... ¡Alabado sea Dios! Allá queda el tempestuoso océano con sus olas bramadoras, sus espumarajos y sus arrecifes, y héteme al borde de una pacífica ensenada, donde el agua sólo tiene un rizado de onditas muy mansas que vienen a morir en la arena sin meterse con nadie.

¡Dale con el mar! ¡Mire usted que es fuerte cosa! ¿Si continuara aquello? ¿Si...?

A la puerta de la casuca asomó una mujer pobremente vestida y dos chiquillos harapientos, que muy obsequiosos me sacaron una silla. Sentóse Pacheco a mi lado sobre unos troncos. Noté bienestar inexplicable, y me puse a mirar cómo se acostaba el sol, todo ardoroso y sofocado, destellando sus últimos resplandores en el Manzanares. Es decir, en el Manzanares no: aquello se parecía extraordinariamente a la bahía viguesa. La casa también se había vuelto una lancha muy airosa que se mecía con movimientos insensible: Pacheco, sentado en la popa, oprimía contra el pecho la caña del timón, y yo, muellemente reclinada a su lado, apoyaba un codo en su rodilla, recostaba la cabeza en su hombro, cerraba los ojos para mejor gozar del soplo de la brisa marina, que me abanicaba el semblante... ¡Ay madre mía, qué bien se va así!... De aquí al cielo...

Abrí los párpados... ¡Jesús, que atrocidad! Estaba en la misma postura que he descrito, y Pacheco me sostenía en silencio y con exquisito cuidado, como a una criatura enferma, mientras me hacía aire, muy despacio, con mi propio pericón...

No tuve tiempo de reflexionar en situación tan rara. No me lo permitió el afán, la fatiga inexplicable que me entró de súbito. Era como si me tirasen del estómago y de las entrañas hacia afuera con un garfio para arrancármelas por la boca. Llevé las manos a la garganta y al pecho, y gemí:

—¡A tierra, a tierra! ¡Que se pare el vapor!... ¡me mareo, me mareo! ¡Que me muero!... ¡Por la Virgen, a tierra!

Cesé de ver la bahía, el mar verde y espumoso, las crespas olitas; cesé de sentir el soplo del Nordeste y el olor del alquitrán... Percibí, como entre sueños, que me levantaban en vilo y me trasladaban... ¿Estaríamos desembarcando? Entreoí frases que para mí entonces carecían de sentido. «Probetica, sa puesto mala.» «Por aquí, señorito...» «Si que hay cama y lo que se necesite...» «Mandar...» Sin duda ya me habían depositado en tierra firme, pues noté un consuelo grandísimo, y luego una sensación inexplicable de desahogo, como si alguna manaza gigantesca rompiese un aro de hierro que me estaba comprimiendo las costillas y dificultando la respiración. Di un suspiro y abrí los ojos...

Fue un intervalo lúcido, de esos que se tienen aun en medio del síncope o del acceso de locura, y en que comprendí claramente todo cuanto me sucedía. No había mar, ni barco, ni tales carneros, sino turca de padre y muy señor mío: la tierra firme era el camastro de la tabernera, el aro de hierro el corsé que acababan de aflojarme; y no me quedé muerta de sonrojo allí mismo porque no vi en el cuarto a Pacheco. Sólo la mujer morena y alta, muy afable, se deshacía en cuidados, me ofrecía toda clase de socorros...

—No, gracias... Silencio, y estar a oscuras... Es lo único... Bien, sí, llamaré si ocurre. Ya, ya me siento mejor... Silencio y dormir; no necesito más.

La mujer entornó el ventanuco por donde entraba en el chiribitil la luz del sol poniente y se marchó en puntillas. Me quedé sola: me dominaba una modorra invencible: no podía mover brazo ni pierna; sin embargo, la cabeza y el corazón se me iban sosegando por efecto de la penumbra y la soledad. Cierto que andaba otra vez a vueltas con la manía náutica, pues pensaba para mis adentros: «¡Qué bien me encuentro así... en este camarote..., en esta litera!... ¡Y qué serena debe de estar la mar!... ¡Ni chispa de balanceo! ¡El barco no se mueve!»

Yo había oído asegurar muchas veces que si tenemos los ojos cerrados y alguna persona se pone a mirarnos fijamente, una fuerza inexplicable nos obliga a abrirlos. Digo que es verdad, y lo digo por experiencia. En medio de mi sopor empecé a sentir cierta comezón de alzar los párpados y una inquietud especial, que me indicaba la presencia de *alguien* en el tugurio... Entreabrí los ojos, y con gran sorpresa vi el agua del mar; pero no la verde y plomiza del Cantábrico, sino la del Mediterráneo, azul y tranquila... Las pupilas de Pacheco, como ustedes se habrán imaginado. Estaba de pie, y cuando clavé en él la mirada, se inclinó y me arregló delicadamente la falda del vestido para que me cubriese los pies.

—¿Cómo vamos? ¿Hay ánimos para levantarse? —murmuró; es decir, sería algo por el estilo, pues no me atrevo a jurar que dijese esto. Lo que afirmo es que le tendí las dos manos con un cariñazo repentino y descomunal, porque se me había puesto en el moño que me encontraba allí abandonadita en medio de un golfo profundo, y que iba a ahogarme si no acierta a venir en mi auxilio Pacheco. Él tomó las manos que yo ofrecía, las apretó muy afectuoso, me tentó los pulsos y apoyó su derecha en mis sienes y frente. ¡Cuánto bien me hacía aquella presioncita cuidadosa y firme! Como si me volviese a encajar los goznes del cerebro en su verdadero sitio, dándoles aceite para que girasen mejor. Le estreché la mano izquierda... ¡Qué pegajoso, qué majadero se vuelve uno en estas situaciones... anormales! Yo me estaba muriendo por mimos, igual que una niña pequeña... ¡Quería que me tuviesen lástima!... Es sabido que a mucha gente le dan las turcas por el lado tierno. Ganas me venían de echarme a llorar, por el gusto de que me consolasen.

Había a la cabecera de la cama una mugrienta silla de Vitoria, y el gaditano tomó asiento en ella acercando su cara a la dura almohada donde reclinaba la mía. No sé qué me fue diciendo por el bajo: sí que eran cositas muy dulces y zalameras, y que yo seguía estrujándole la mano izquierda con fuerza convulsiva, sonriendo y entornando los párpados, porque me parecía que de nuevo bogábamos en el esquife, y las olas hacían un *¡clap! ¡clap!* armonioso contra el costado. Sentí en la mejilla un soplo caliente, y luego un contacto parecido al revoloteo de una mariposa. Sonaron pasos fuertes, abrí los ojos, y vi a la mujer alta y morena, figonera, tabernera o lo que fuese.

—¿La traigo una tacita de té, señorita? Lo tengo mu bueno, no se piensen ustés que no... Se le pué echar unas gotas de ron, si les parece...

—¡No, ron no! —articulé muy quejumbrosa, como si pidiese que no me mataran.

—¡Sin ron... y calentito! —mandó Pacheco.

La mujer salió. Cerré otra vez los ojos. Me zumbaban los sesos: ni que tuviese en ellos un enjambre de abejas. Pacheco seguía apretándome las sienes, lo cual me aliviaba mucho. También noté que me esponjaba la almohada, que me alisaba el pelo. Todo de una manera tan insensible, como si una brisa marina muy mansa me jugase con los rizos. Volvieron a oírse los pasos y el duro taconeo.

—El té, señorito... ¿Se lo quié dar o se lo doy yo?

—Venga —exclamó el meridional.

Le sentí revolver con la cucharilla y que me la introducía entre los labios. Al primer sorbo me fatigó el esfuerzo y dije *que no* con la cabeza; al segundo me incorporé de golpe, tropecé con al taza, y ¡zas! el contenido se derramó por el chaleco y pantalón de mi enfermero. El cual, con la insolencia más grande que cabe en persona humana, me preguntó:

—¿No lo quieres ya? ¿O te pido otra tacita?

Y yo... ¡Dios de bondad! ¡De esto sí que estoy segura! Le contesté empleando el mismo tuteo y muy mansa y babosa:

—No, no pidas más... Se hace noche... Hay que salir de aquí..., veremos si puedo levantarme. ¡Qué mareo, Señor, qué mareo!

Tendí los brazos confiadamente: el malvado me recibió en los suyos, y agarrada a su cuello probé a saltar de camastro. Con el mayor recato y comedimiento, Pacheco me ayudó a abrocharme, estiró las guarniciones de mi saya de surá, me presentó el imperdible, el sombrero, el velito, el agujón, el abanico y los guantes. No se veía casi nada, y yo lo atribuía a la mezquindad del cuchitril; pero así que sostenida por Pacheco y andando muy despacio, salí a la puerta del figón, pude convencerme de que la noche había cerrado del todo. Allá a lo lejos, detrás del muro que cercaba el campo, hormigueaba confusamente la romería, salpicaba de lucecillas bailadoras, innumerables...

La calma de la noche y el aire exterior me produjeron el efecto de una ducha de agua fría. Sentí que la cabeza se me despejaba y que así como se va la espuma por el cuello de la botella de champagne, se escapaban de mi mollera en burbujas el sol abrasador y los espíritus alcohólicos del endiablado vino compuesto. Eso sí, en lugar de meollo me parecía que me quedaba un sitio hueco, vacío, barrido con escoba... Encontrábame aniquilada, en el más completo idiotismo.

Pacheco me guiaba sin decir oxte ni moxte. Derechos como una flecha fuimos adonde mi coche aguardaba ya. Sus dos faroles lucían a la entrada de la alameda, en el mismo sitio en que por la mañana le mandáramos esperar. Entré y me dejé caer en el asiento medio exánime. Pacheco me siguió, dio una orden, y la berlina empezó a rodar poco a poco.

¡Ay Dios de mi vida! ¿Quién soñó que se habían acabado ya los barcos, el oleaje, mis fantasías marítimas todas? Pues ¡si ahora es cuando navegábamos de veras, encerrados en el camarote de un trasatlántico, y a cada tres segundos cuchareaba el buque o cabeceaba bajando a los abismos del mar y arrastrándome consigo! La voz de Pacheco no era tal voz, sino el ruido del viento en las jarcias... ¡Nada, que hoy naufrago!

—¿Vas disgustá conmigo? —gemía a mi oído el Sudoeste—. No vayas. Mira, bien callé y bien prudente fui... Hasta que me apretaste la mano... Perdón, sielo, me da una pena verte afligía... Es una rareza en mí, pero estoy así como aturdido de pensar si te enfadarás por lo que te dije... Pobrecita, no sabes lo guapa que estabas mareá... Los ojos tuyos echaban lumbre... ¡Vaya unos ojos que tienes tú! Anda, descansa así, en el hombro mío. Duerme, niñita, duerme...

Tal vez equivoque yo las palabras, porque resultaban un murmullo y no más... Lo que sí recuerdo con absoluta

exactitud es esta frase, que sin duda cayó en el intervalo de
una ola a otra:

—¿Sabes qué decían en aquel figón? Que debíamos de
ser recién casados..., «porque él la trata con mucho cariño
y no sabe qué hacer para cuidarla».

Y puedo jurar que no me acuerdo de ninguna cosa más;
de ninguna. Sí..., pero muy vagamente: que el coche se
detuvo a mi puerta, y que por las escaleras me ayudó a
subir Pacheco, y que desfallecida y atónita como me encontraba, le rogué que no entrase, sin duda obedeciendo a
un instinto de precaución. No sé lo que me dijo al despedirse; sé que la despedida fue rápida y sosa. A la Diabla,
que al abrir me incrustó en la cara su curioso mirar, le
expliqué tartamudeando que me había hecho daño el sol,
que deseaba acostarme. Claro que no se habrá comido la
partida... Sí, que se mama ella el dedo... ¡Buenas cosas
pensará a estas horas de mí!

Me precipité a mi cuarto, me eché en la cama, me puse
de cara a la pared, y aunque al pronto volví a amodorrar-
me, hacia las tres de la madrugada empezó la función y se
renovó mi padecimiento. No quise llamar a Ángela... ¡Para
que se escamase tres veces más! ¡Ay qué noche..., noche de
perros! ¡Qué bascas, qué calentura, qué pesadillas, qué
aturdimiento, qué jaqueca al despertar!

Y sobre todo, ¡qué compromiso!... ¡Qué resbalón! (ya es
preciso convenir en ello).

VIII

Convengamos; pero también en que Pacheco, habiéndose portado tan correctamente al principio, no debió luego
echarlo a perder. Si yo, por culpa de las circunstancias
—eso es, de las circunstancias inesperadísimas en que me
he visto— pude darle algún pie, a la verdad, ningún caballero se aprovecha de ocasiones semejante; al contrario, en

ellas debe manifestar su educación, si la tiene. Yo me trastorné completamente, por lo mismo que nunca anduve en pasos como éstos; yo no estaba en mi cabal juicio, no señor; yo no tenía responsabilidad, y él, el grandísimo pillo, tan sereno como si le acabasen de enfriar en el pozo... Lo dicho: ¡fue una osadía, una serranada incalificable!

Cuanto más lo pienso... ¡Un hombre que hace veinticuatro horas no había cruzado conmigo media docena de palabras; un hombre que ni siquiera es visita mía! Cierta heroína de novela, de las que yo leía siendo muchacha, en un caso así recuerdo que empezó a devanarse los sesos preguntándose a sí propia: «¿Le amo?» ¡Valiente tontería la de aquella simple! ¡Qué amor ni qué!... Caso de preguntar, yo me preguntaría: «¿Le conozco a este caballero?» Porque maldito si sé hasta ni cómo se llama de segundo apellido... Lo que sé es que le detesto y le juzgo un pillastre. Motivos tengo sobrados. ¡Que se ponga en mi caso cualquiera!

Y ahora... Supongamos que, naturalmente, cuando él aporte por aquí, me cierro a la banda y doy orden terminante a los criados: que he salido. Se pondrá furioso, y lo menos que hará, con el despecho, irse alabando en casa de Sahagún... Porque de fijo es uno de esos tipos que pegan carteles en las esquinas... ¡Cómo si lo viera! Y resistir que se me presente tan fresco..., vamos, es de lo que no pasa. Una, que me daría un sofoco de primera; otra, que en estas cosas, si no se empieza cortando por lo sano... Me parece lo más natural. Me niego... y se acabó. Escribirá... Bien, no contesto. Y dentro de unos días, como ya salgo de Madrid... Sí, todo se arregla.

Y... a sangre fría, Asís... ¿Es ese descarado quien tiene la culpa toda? Vamos, hija, que tú... ¿Quién te mandaba satisfacer el capricho de ir al Santo y de acompañarte con una persona casi desconocida, y de almorzar allí en un merendero churri, como si fueses una salchichera de los barrios bajos? ¿Por qué probaste del vino aquel, que está encabezado con el *amílico* más venenoso? ¿No sabías que, aun sin vino, a ti el sol te marea?

Te dejaste embarcar por la Sahagún... Pero la Sahagún... Para ciertas personas no rigen las ordenanzas sociales. La Sahagún, no sólo es muy experta, y muy despabilada, y discretísima, y una de esas mujeres a quienes nadie se les atreve no queriendo ellas, sino con su alta posición convierte en excentricidad graciosa e inofensiva lo que en las demás se toma por desvergüenza y liviandad. Hay gentes que tienen permiso para todo, y se imponen, y les caen bien hasta las barrabasadas. Pero yo, que soy una señora como todas, una de tantas, debo respetar el orden establecido y no meterme en honduras. Era visto que Pacheco se había de figurar desde el primer instante... No, no es justo acusarle a él solo.

Bien dice mi paisano. Somos ordinarios y populacheros; nos pule la educación treinta años seguidos, y renace la corteza... Una persona decente, en ciertos sitios, obra lo mismo que obraría un mayoral. Aquí estoy yo, que me he portado como una chula.

Es decir... más bien obré como una tonta. Caí de inocente. No supe precaver, pero no hubo en mí mala intención. Ello ocurrió... porque sí. Me pesa, Señor. En toda mi vida me ha sucedido ni ha de volverme a suceder cosa semejante... De eso respondo, y ahora, a remediar el daño. Puerta cerrada, esquinazo, mutis. No me vuelve a ver el pelo el señorito ese. En tomando el tren de Galicia... Y sin tanto. Declaro la casa en estado de sitio... Aquí no entra una mosca. Ya verá si es tan fácil marear a una mujer cuando ella sabe lo que se hace.

IX

Así, punto más, punto menos, hubiese redactado su declaración la dama, si confiase al papel lo que la bullía en el magín. No afirmamos que, aun dialogando con su inocen-

cia propia, fuese la marquesa viuda de Andrade perfectamente sincera, y no omitiese algún detalle que agravara su
tanto de culpa en el terreno de la imprevisión, la ligereza o
la coquetería. Todo es posible, y no conviene salir fiador
de nadie en este género de confesiones, que nunca se hacen
sin pelos en la lengua y restricciones en la mente.

Sin embargo, no puede negarse que la señora había
referido con bastante franqueza el terrible episodio, tanto
más terrible para ella, cuanto que hasta dar este mal paso
caminara con pie firme y alegre espíritu por la senda de la
honestidad. Mérito suyo, más que fruto de la educación
paterna, no muy rígida, no excesivamente vigilante. A Asís
se le habían cumplido cuantos caprichos puede tener en un
pueblo como Vigo una niña rica, huérfana de madre, y
única. A los veinte años de edad, asistiendo a todos los
bailes del Casino, a todos los paseos en la Alameda, a
todas las verbenas y romerías de Cristos y Pastoras, visi-
tando todos los buques de todas las escuadras que fondea-
ban en el puerto, Asís no había hecho cosa esencialmente
mala, pues no hay severidad que baste a condenar de un
modo riguroso el carteo con un teniente de navío, a quien
veía de higos a brevas —cuando el *Villa de Bilbao* andaba
por aquellas aguas—. Entonces le entró al papá de Asís,
acaudalado negociante, la ventolera de las contratas,
acompañada, naturalmente, de la necesidad de meterse en
política; tuvo distrito, y contrata va y legislatura viene,
comenzó a llevarse a su hija a Madrid todos los inviernos,
a dar una vueltecita —la frase sacramental—. Hospedá-
banse en casa de un primo de la difunta mamá de Asís, el
marqués de Andrade, consejero de Estado, porque Asís
era fruto de una de esas alianzas entre blasones y talegas
que en Galicia y en todas partes se ven tan a menudo, sin
que tuerza el gesto ningún venerable retablo de familia, ni
ningún abuelo se estremezca en su tumba. El consejero de
Estado se encontraba viudo y sin descendencia; conserva-
ba un cerquillo de pelo alrededor de una lucia calva; poseía
buenos modales, carácter ameno (en la corte no existen

viejos avinagrados) y la suficiente mundología para saber cómo ha de insinuarse un cincuentón con una muchacha. Asís empezó por enseñarle a su tío, bromeando, las cartas del marino, y acabó por escribirle a éste una significándole que sus relaciones «quedaban cortadas para siempre». Y así fue, y la esbelta sombra con gorrilla blanca y levita azul y anclas de oro no se apareció jamás al pie del tálamo de los marqueses de Andrade.

El marqués tuvo el talento de no ser celoso y hacerle grata a su mujer la vida conyugal. Hasta se separó de otra hermana suya —con la cual vivía desde su primer matrimonio— porque era devota, maniática, y no podía congeniar con la joven esposa; y no se mostró remiso en aflojar dinero para modistas, ni en gastar tiempo en teatros, saraos y tertulias. También supo evitar el delirio de los extremos amorosos, impropios en su edad y la de Asís combinadas; dejó dormir lo que no era para despertado, y así logró siete años de tranquila ventura y una chiquilla algo enclenque, que únicamente revivía con los aires marinos y agrestes de la tierra galaica. Un derrame seroso cortó el curso de los días del buen consejero de Estado, y Asís quedó libre, rica, moza, bien mirada y con el alma serena.

Pasaba en Madrid los inviernos, teniendo a su niña de medio interna en un atildado colegio francés; los veranos se iba a Vigo, al lado de su papá; a veces (como sucedía ahora), el viaje de la chiquilla se adelantaba un poco, porque el abuelo, al cerrarse las Cortes, se la llevaba consigo a desencanijarse en la aldea... Asís la dejaba marchar de buen grado. El amor maternal era en ella lo que había sido el cariño conyugal: sentimiento apacible, exento de esas divinas locuras que abrasaban el alma y dan a la existencia sentido nuevo. La marquesa de Andrade vivía contenta, algo envanecida de haber soltado la cáscara provinciana, y satisfecha también de conservar su honradez como la conservan allí en Vigo las señoras muy visibles, que no dan un paso sin que el vecindario sepa si fue con el pie izquierdo o el derecho. Entretenía sus ocios pensando, por ejemplo, que el último vestido que le había mandado su modista era tan gracioso y menos caro que el de Worth de la Sahagún; que estaba a bien con el padre Urdax, merced a haber entrado en una asociación benéfica muy recomendada por los jesuitas; que ella era una dama formal, intachable, y que, sin embargo, no dejaban de citarla con elogio en las revistas de salones alguna que otra vez; que podía vivirse en el mundo sin abrir paso al demonio, y que ni el mundo ni Dios tenían por qué volverle la espalda.

Y ahora...

X

Oyendo un nuevo repiqueteo de campanilla, acudió Ángela despavorida, a ver *qué era*. Su ama estaba medio incorporada sobre un codo.

—Venga quien venga, ¿entiendes?, venga quien venga..., que he salido.

—A todo el mundo, vamos; que ha salido la señorita.

—A todo el mundo, sin excepción. Cuidadito cómo me dejas entrar a nadie.

—¡Jesús, señorita! Ni el aire entrará.

—Y prepárame el baño.

—¿El baño? ¿No le sentará mal a la señorita?

—No —contestó Asís secamente—. (¡Manía de meterse en todo estas doncellas!)

—¿Y la orden del coche, señorita? Ya dos veces ha venido Roque a preguntarla.

Al nombre del cochero, sintió Asís que le *subía un pavo* atroz, como si el cochero representase para ella la sociedad, el deber, todas las conveniencias pisoteadas y atropelladas la víspera. ¡El cochero sí que debía maliciarse!...

—Dile... dile que... venga dentro de un par de horas... a las cuatro y media... No, a las cinco y cuarto. Para paseo... Las cinco y media más bien.

Saltó de la cama, se puso la bata, y se calzó las chinelas. ¡Sentía un abatimiento grande, agujetas, ganas de echar a andar, de huir de sí misma, de no verse ni oírse! No se podía sufrir.

—¡Qué vida tan incómoda la de las señoras que anden siempre en estos enredos! No les arriendo la ganancia... ¡Ay! Aborrezco los tapujos y las ilegalidades... He nacido para vivir con orden y con decoro, está visto. ¿Le dará a ese tunante por venir?

Mientras no estaba dispuesto el baño, practicó Asís las operaciones de aseo que deben precederle: limpiarse y limarse las uñas, lavar y cepillar esmeradamente la dentadura, desenredar el pelo y pasarse repetidas veces el peine menudo, registrarse cuidadosamente las orejas con la esponjita y la cucharita de marfil, frotarse el pescuezo con el guante de crin suavizado con pasta de almendra y miel. A cada higiénica operación y a cada parte de su cuerpo que quedaba como una patena, Asís creía ver desaparecer la marca de las irregularidades del día anterior, y confundiendo involuntariamente lo físico y lo moral, al asearse juzgaba regenerarse.

Avisó la Diabla que estaba listo el baño. Asís pasó a un cuartucho oscuro, que alumbraba un quinqué de petróleo (las habitaciones de baño fantásticas que se describen en las novelas no suelen existir sino en algún palacio, nunca en las casas de alquiler), y se metió en una bañera de cinc con capa de porcelana —idéntica a las cacerolas—. ¡Qué placer! En el agua clara iban a quedarse la vergüenza, la sofoquina y las inconveniencias de la aventura... ¡Allí estaban escritas con letras de polvo! ¡Polvo doblemente vil, el polvo de la innoble feria! ¡Y cuidado que era pegajoso y espeso! ¡Si había penetrado al través de las medias, de la ropa interior, y en toda su piel lo veía despositado la dama! Agua clara y tibia —pensaba Asís— lava, lava tanta grosería, tanto flamenquismo, tanta barbaridad: lava la osadía, lava el desacato, lava el aturdimiento, lava el... Jabón y más jabón. Ahora agua de Colonia... Así.

Esta manía de que con agua de Colonia y jabón fino se le quitaban las manchas a la honra se apoderó de la señora en grado tal, que a poco se arranca el cutis, de la rabia y el encarnizamiento con que lo frotaba. Cuando su doncella le dio la bata de tela turca para enjugarse, Asís continuó sus fricciones mitad morales, mitad higiénicas, hasta que ya rendida se dejó envolver en la ropa limpia, suspirando como el que echa de sí un enorme peso de cuidados.

Llegó el coche algún tiempo después de terminada la faena, no sólo del baño, sino del tocado y vestido: Asís llevaba un traje serio, de señora que aspira a no llamar la atención. Ya tenía la Diabla la mano en el pestillo para abrir la puerta a su ama, cuando se le ocurrió preguntar:

—¿Vendrá a comer, señorita?

—No. —Y añadió como el que da explicaciones para que no se piense mal de él—. Estoy convidada a comer en casa de las tías de Cardeñosa.

Al sentarse en su berlina, respiró anchamente. Ya no había que temer la aparición del pillo. ¡Bah! Ni era probable que él se acordase de ella; estos troneras, así que pueden jactarse..., si te he visto no me acuerdo. Mejor que mejor. Qué ganga, si la historia se resolviese de una manera tan sencilla... Y la voz de Asís adquirió cierta sonoridad al decir al cochero:

—Castellana... Y luego a casa de las tías...

Aquella vibración orgullosa de su acento parece que quería significar:

«Ya lo ves, Roque... No se va uno todos los días de picos pardos... De hoy más vuelvo a mi inflexible línea de conducta...»

Rodó el coche al trote hasta la Castellana y allí se metió en fila. Era tal el número y la apretura de carruajes, que a veces tenían que pararse todos por imposibilidad de avanzar ni retroceder. En estos momentos de forzosa quietud sucedían cosas chuscas; dos señoras que se conocían y se saludaban, pero no teniendo la intimidad suficiente para emprender conversación, permanecían con la sonrisa estereotipada, observándose con el rabillo del ojo, desmenuzándose el atavío y deseando que un leve sacudimiento del maremágnum de carruajes pusiese fin a una situación tan pesadita. Otras veces le acontecía a Asís quedarse parada tocando con una manuela, en cuyo asiento trasero, dejando la bigotera libre, se apiñaban tres mozos de buen humor, horteras o empleadillos de ministerio, que la soltaban una andanada de dicharachos y majaderías; y nada: aguantarlos a quemarropa, sin saber qué era menos desairado, sonreírse o ponerse muy seria o hacerse la sorda. También era fastidioso encontrarse en contacto íntimo con el fogoso tronco de un *milord*, que sacudía la espuma del hocico dentro de la ventanilla, salpicando el haz de lilas blancas sujeto en el tarjetero, que perfumaba el interior del coche. Incidentes que distraían por un instante a la marquesa de Andrade de la dulce quietud y del bienhechor reposo producido por la frescura del aire impregnado de aroma de lilas y flor de acacia, por la animación distinguida y silenciosa del paseo, por el grato reclinatorio que hacía a su cabeza y espalda el rehenchido del coche, forrado de paño gris.

—¡Calle! Allí va Casilda Sahagún, empingorotada en el campanario de su *break*. ¿De dónde vendrá, señor? ¡Toma! Ya caigo; de la novillada que armaron los muchachos finos, Juanito Albares, Perico Gonzalvo, Paco Gironellas, Fernando Hurtado...

En un minuto recordó Asís la organización de la fiesta taurina: se habían repartido programas impresos en raso lacre, redactados con muy buena sombra; no había nada más salado que leer, por ejemplo: Banderilleros: Fernando Alfonso Hurtado de Mendoza (a) Pajarillas. José María Aguilar y Austria (a) el Chaval. Pues ¡poca broma que hubo en casa de Sahagún la noche que se arregló el plan de la corrida! Y Asís estaba convidada también. Se le había pasado; ¡qué lástima! La duquesa, tan sandunguera como de costumbre, hecha un cartón de Goya con su mantilla negra y su grupo de claveles; los muchachos, ufanísimos, en carretela descubierta, envueltos en sus capotes morados y carmesíes con galón de oro. Lo que es torear habrían toreado de echarles patatas; pero ahora nadie les ganaba a darse pisto luciendo los trajes. Revolvían el paseo de la Castellana: eran el acontecimiento de la tarde. Asís sintió un descanso mayor aún después de ver pasar la comitiva taurómaca: comprendió, guiada por el buen sentido, que a nadie, en aquel conjunto de personas siempre entretenidas por algún suceso gordo del orden político, o del orden divertido, o del orden escandaloso con platillos y timbales, se le ocurriría sospechar su aventurilla del *Santo*. A buen seguro que por un par de días nadie pensaba más que en la becerrada aristocrática.

Este convencimiento de que su escapatoria no estaba llamada a trascender al público, se robusteció en casa de las tías de Cardeñosa. Las Cardeñosas eran dos buenas señoritas, solteronas, de muy afable condición, rasas de pecho, tristes de mirar, sumamente anticuadas en el vestir, tímidas y dulces, no emancipadas, a pesar de sus cincuenta y pico, de la eterna infancia femenina: hablaban mucho de novenas, y comentaban detenidamente los acontecimientos culminantes, pero exteriores, ocurridos en la familia de Andrade y en las demás que componían el círculo de sus relaciones; para las bodas tenían aparejada una sonrisa golosa y tierna, como si paladeasen el licor que no habían probado nunca; para las enfermedades, calaveradas de chicos y fallecimientos de viejos un melancólico arqueo de cejas, unos ademanes de resignación con los hombros y unas frases de compasión, que por ser siempre las mismas, sonaban a indiferencia. Religiosas de verdad, nunca murmuraban de nadie ni juzgaban duramente la ajena conducta, y para ellas la vida humana no tenía más que un lado, el anverso, el que cada cual deja ver a las gentes. Gozaban con todo esto las Cardeñosas fama de trato distinguidísimo, y su tarjeta *hacía bien* en cualquier bandeja de porcelana de ésas donde se amontona, en forma de pedazos de cartulina, la consideración social.

Para Asís, la insulsa comida de las tías de Cardeñosa y la anodina velada que le siguió, fueron al principio un bálsamo. Se la disiparon las últimas vibraciones de la jaqueca y las postreras angustias del estómago, y su espíritu se aquietó, viendo que aquellas señoras respetadísimas y excelentes la trataban con el acostumbrado afecto y comprendiendo que ni por las mientes se les pasaba imaginar de ella nada censurable.

El cuerpo y el alma se sosegaba a la par, y gracias a tan saludable reacción, *aquello* se le figuraba a Asís una especie de pesadilla, un cuento fantástico.

Pero obtenido este estado de calma tan necesario a sus nervios, empezó la dama a notar, hacia eso de las diez, que se aburría ferozmentc, por todo lo alto, y que le entraban ya unas ganas de dormir, ya unos impulsos de tomar el aire, que se revelaban en prolongados bostezos y en revolverse en la butaca como si estuviese tapizada de alfileres punta arriba. Tanto, que las Cardeñosas lo percibieron, y con su inalterable bondad comenzaron a ofrecerla otro sillón de distinta forma, el rincón del sofá, una silla de rejilla, un taburetito para los pies, un cojín para la espalda.

—No os incomodéis... Mil gracias... Pero si estoy perfectamente.

Y no atreviéndose a mirar al suyo, echaba un ojo al reloj de sobremesa, un Apolo de bronce dorado, de cuya clásica desnudez ni se habían enterado siquiera las Cardeñosas en cuarenta años que llevaba el dios de estarse sobre la consola del salón en postura académica, con la lira muy empuñada. El reloj... por supuesto se había parado desde el primer día, como todos los de su especie. Asís quería disimular, pero se le abría la boca y se le llenaban de lágrimas los ojos; abanicábase estrepitosamente, contestando por máquina a las interrogaciones de las tías acerca de la salud de su niña y los proyectos de veraneo, inminentes ya. Las horas corrían, sin embargo, derramando en el espíritu de Asís el opio del fastidio... Cada rodar de coche por la retirada calle en que habitaban las Cardeñosas, le producía una sacudida eléctrica. Al fin hubo uno que paró delante de la casa misma... ¡Bendito sea Dios! Por encanto recobró la dama su alegría y su amabilidad de costumbre, y cuando la criada vino a decir: —«Está el coche de la señora marquesa»—, tuvo el heroísmo de responder con indiferencia fingida:

—Gracias, que se aguarde.

A los dos minutos, alegando que había madrugado un poco, arrimaba las mejillas al pálido pergamino de la de sus tías, daba un glacial beso al aire y bajaba la escalera repitiendo:

—Sí..., cualquier día de éstos... ¡Qué! Si he pasado un rato buenísimo... ¿Mañana sin falta..., eh?, las papeletas de los Asilos. Mil cosas al padre de Urdax.

Al tirar de la campanilla en su casa, tuvo una corazonada rarísima. Las hay, las hay, y el que lo niegue es un miope del corazón, que rehúsa a los demás la acuidad del sentido porque a él le falta. Asís, mientras sonaba el campanillazo, sintió un hormigueo y un temblor en el pulso como si semejante tirón fuese algún acto muy importante y decisivo en su existencia. Y no experimentó ninguna sorpresa, aunque sí una violenta emoción que por poco la hace caerse redonda al suelo, cuando en vez de la Diabla o el criado vio que le abría la puerta aquel pillo, aquel grandísimo truhán.

XI

Lo bueno fue que la dama, lejos de mostrar extrañeza, saludó a Pacheco como si el encontrale allí a tales horas le pareciese la cosa más natural del mundo, y, recíprocamente, Pacheco empleó también con ella todas las fórmulas de cortesía acostumbradas cuando un caballero se dirige a una señora de cumplido, respetable, ya que no por sus años, por su carácter y condición. Se hizo atrás para dejarla pasar, y al seguirla al saloncito de confianza, donde ardía sobre la mesa de tijera la gran lámpara con pantalla roga velada de encaje, se quedó próximo a la puerta y en pie, como el que espera una orden de despedida

—Siéntese usted, Pacheco... —tartamudeó la señora, bastante aturullada aún.

El gaditano no se sentó, pero adelantó despacio, como receloso; parecía, por su continente, algún hombre poco avezado a sociedad: pero este aspecto, que Asís atribuyó a hipocresía refinada, contrastaba de un modo encantador con la soltura de su cuerpo y modales, la elegancia no estudiada de su vestir, la finura de su chaleco blanquísimo, su tipo de persona principal. Viéndole tan contrito, Asís se rehízo y cobró ánimos. —«Gran ocasión de leerle la cartilla al señorito este: ¿conque muy manso y fingiéndose arrepentido, eh? Ahora lo verás—.» Porque la dama, en su inexperiencia, se había figurado que su compañero de romería iba a entrar hecho un sargento, y a las primeras de cambio le iba a soltar un abrazo furibundo o cualquier gansada semejante... Pero ya que gracias a Dios se manifestaba tan comedido, bien podía la señora acusarle las cuarenta. Y Asís abrió la boca y exclamó:

—Conque usted aquí... Yo quisiera... yo...

El gaditano se acercó todavía más, hasta ponerse al lado de la dama, que seguía en pie junto a la mesa. La miró fijamente y luego pronunció como el que dice la cosa más patética del mundo:

—A mí va usted a regañarme too lo que guste... A los criados ni chispa.. La culpa es mía toa. Un cuarto de hora de conversación con la chica me ha costao el entrar. Hasta requiebros le he soltao. Y na, ni por ésas. Al fin la dije... que, vamos, que ya sabía usted que yo vendría y que para recibirme a mí se me quería usted negar a los demás. Ríñame usted, que lo meresco too.

Estas enormidades las murmuró con tono quejumbroso y lánguido, con los ojos mortecinos y un aire de melancolía que daba compasión. Asís, así al pronto se quedó de una pieza, después se la deshizo el nudo de la garganta y las palabras le salieron a borbotones. Ea..., ahí va... Ahora sí que me desato...

—Sí señor, que merece usted... Pues, hombre..., me pone usted en berlina con mis criados... ¡Por eso se escondieron cuando yo entraba..., y le dejan a usted que abra la puerta! ¡Gandules de profesión! A la Angelita yo le diré cuántas son cinco... Y lo que es a Perfecto... Alguno podrá ser que no duerma en casa esta noche... Los enemigos domésticos... Aguarde usted, aguarde usted... Estas jugadas no me las hacen ellos a mí... ¡Habráse visto! ¡Para esto los trata uno del modo que los trata! ¡Para que le vendan a las primeras de cambio!

Comprendía la misma señora que se ponía algo ordinaria chillando y manoteando así, y lo peor de todo, que era predicar en desierto, pues ni siquiera podían oírla desde la cocina; además, Pacheco, en vez de asustarse con tan caliente reprimenda, pareció que recobraba los espíritus, se llegó más, y bajando la cabeza, acarició las sienes de la enojada. Ésta se echó atrás, no tan pronto que ya no la sujetase blandamente por la cintura un brazo del gaditano y que éste no balbuciese a su oído:

—¿A qué te enfadas con los criados, chiquilla? ¿No te he dicho que no tienen culpa? Mira, esa chica que te sirve, vale un Perú. Te quiere bien. La daba dinero y no lo admitió ni hecha peazos. Dijo que con tal que tú no la riñeses... Ahora si gritas se armará un escándalo... Pero me iré cuando tú lo mandes. Que sí me iré, nena...

Al anunciar que se iba se sentó en el sofá-diván, obligando a la señora a sentarse también. Ésta notaba una turbación que ya no se parecía a la pseudocólera de antes, y por lo bajo, murmuraba:

—Pues váyase usted... Hágame el favor de irse. Por Dios...

—¿Ni un minuto hay para mí? Estoy enfermo... ¡Si vieses! En toda la noche no he dormido, no he pegado los ojos.

Asís iba a preguntar: «¿por qué?»; pero calló, pareciéndole inconveniente y necia la pregunta.

—Necesitaba saber de ti... Si estabas ya buena, si habías descansado... Si me querías mal, o si me mirabas con alguna indulgencia. ¿Dura el mal humor? ¿Y esa cabecita? ¿A ver?

Se la recostó sobre el hombro, sujetándole con la palma de la mano derecha. Asís, esforzándose en romper el lazo, notaba disminuidas sus fuerzas por dos sentimientos: el primero, que viendo tan sumiso y moderado al gran pillo, le habían entrado unas miajas de lástima; el segundo..., el sentimiento eterno, la maldita curiosidad, la que perdió en el Paraíso a la primera mujer, la que pierde a todas, y tal vez no sólo a ellas sino al género humano... ¿A ver? ¿Cómo sería? ¿Qué diría Pacheco ahora?

Pacheco, en un rato, no dijo nada; ni chistó. Su palma fina, sus dedos enjutos y nerviosos oprimían suavemente la cabeza y sienes de Asís, lo mismo que si a ésta le durase aún el mareo de la víspera y necesitase la medicina de tan sencillo halago. En la sala parecía que la varita de algún mágico invisible derramaba silencio apacible y amoroso, y la luz de la lámpara, al través de su celosía de encaje, alumbraba con poética suavidad el recinto. La sala estaba amueblada con esas pretensiones artísticas que hoy ostenta todo bicho viviente, sepa o no sepa lo que es arte, y con ese aspecto de prendería que resulta de aglomerar el mayor número posible de cosas inconexas. Sitiales, butacas bajas y coquetonas, mesillas forradas de felpa imitando un corazón o una hoja de trébol, columnas que sostienen quinqués, divancitos cambiados donde la gente puede gozar del placer de darse la espalda y coger una tortícolis, alguna drácena de jardineras de cinc, un perro de porcelana haciendo centinela junto a la chimenea, y dos hermosos bargueños matrimoniales restaurados y dorados de nuevo... Todo revuelto, colocado de la manera que más dificultase el paso a la gente, haciendo un archipiélago donde no se podía navegar sin práctico. ¿Y las paredes? Si el suelo estaba intransitable, en las paredes no quedaba sitio libre para un clavo, pues el buen marqués de Andrade, incapaz de distinguir un Tiziano de un Ribera, le había dado algún tiempo de protector de jóvenes artistas, llenando la casa de acuarelas con chulas, matones de Renacimiento o damas de Luis XV; de *manchas*, apuntes y bocetos hechos a punta de cuchillo, o a yema de dedo, tan *libres* y tan *francos*, que ni el mismo demonio adivinaría lo que representaban; de tablitas lamidas y microscópicas, encerradas en marcos cinco veces mayores; de fotografías con retumbantes dedicatorias, migajas de arte, en suma, que al menos cubren la vulgaridad del empapelado y distraen gratamente la vista. Y en hora semejante, en medio de la amable paz que flotaba en la atmósfera, y con la luz discreta transparentada por el encaje, los cachivaches se armonizaban, se fundían en una dulce intimidad, en una complicidad silenciosa; la misma horrible carátula japonesa colgada encima de un bargueño y de uno de cuyos ojos se descolgaba una procesión de monitos de felpa, tenía gesto menos infernal; el pañolón de Manila que cubría el piano abría alegremente todas sus flores; las begonias, próximas a la entreabierta ventana, se estremecían como si las acariciase el vientecillo nocturno... Sólo el *bull-dog* de porcelana, sentado como una esfinge, miraba con alarmante persistencia al grupo del sofá, ostentando una actitud digna y enérgica, como si fuese celoso guardián puesto allí por el espíritu del respetable marqués difunto... Casi parecía natural que abriese las fauces, soltase un ladrido de alarma, y se abalanzase dispuesto a morder...

Pacheco decía bajito, con el ceceo mimoso y triste de su pronunciación:

—¿Te sospechabas tú lo de ayer, chiquilla? ¿A que sí? Mira, no me digas no, que las mujeres estáis siempre de vuelta en esas cosas... ¡A ver si se calla usted y no me replica! Tú veías muy bien, picarona, que yo estaba muerto, lo que se dise muerto... Sólo que creíste poder dejarme en blanco... Pero sospechar... ¡Quiá! ¡Si lo calaste desde el mismo momento que tiré el puro en los jardines! ¿Y tú te gosabas en verme a mí sufrir, no es eso? ¡Somos más malos! Toma en castigo... ¡Y qué bonita estabas, gitana salá! ¿Te ha dicho a ti algún hombre bonita? ¿No? ¡Pues ahora te lo digo yo, vamos!, y valgo más que toos... Oye, en el coche te hubiese yo requebrado seis dosenas de veces..., te hubiese llamao mona, serrana, matadora de hombres... Sólo que no me atrevía, ¿sabes tú? Que si me atrevo, te suelto toas las flores de la primavera en un ramiyetico.

Aquí Asís, sin saber por qué, recobró el uso de la palabra, y fue para gritar:

—Sí..., como a la chica del merendero..., y a mi criada..., y a todas cuantas se ofrece... Lo que es por palabrería no queda.

La interrumpió un enérgico tapabocas.

—No compares, chiquiya, no compares... Tonterías que se disen por pasá el rato, pa que se encandilen las mujeres... Contigo... ¡Virgen Santa!, tengo yo una ilusionasa..., ¡una ilusión de volverme loco! Has de saber que yo mismo estoy pasmao de lo que me sucede. Nunca me quedé triste después de una cosa así sino contigo. Hasta me falta resolución pa hablarte. Estoy así... medio orgulloso y medio pesaroso. Más quisiera que nos hubiésemos vuelto ayer antes de almorsá. ¿No lo crees? ¿Ah, no lo crees? Por éstas...

El meridional puso los dedos en cruz y los besó con ademán popular. Asís se echó a reír mal de su grado. Ya no había posibilidad de enfadarse; la risa desarma al más furioso. Y ahora, ¿qué hacer?, pensaba la dama, llamando en su auxilio toda su presencia de ánimo, toda su habilidad femenil. Nada, muy sencillo... No negarle la cita que pedía para el día siguiente por la tarde, porque si se le negaba, era capaz de hacer cualquier desatino. No, no..., contemporizar..., otorgar la cita, y a la hora señalada... ¡busca!, estar en cualquier sitio menos donde Pacheco esperase... Y ahora, procurar por bien que se largase cuanto más pronto... ¡Qué diría el servicio! ¡En esa cocina estaría la Diabla haciendo unos calendarios!

XII

Doloroso es tener que reconocer y consignar ciertas cosas; sin embargo, la sinceridad obliga a no eliminarlas de la narración. Queda, eso sí, el recurso de presentarlas en forma indirecta, procurando con maña que no lastimen tanto como si apareciesen de frente, insolentonas y descaradas, metiéndose por los ojos. Así la implícita desaprobación del novelista se disfraza de habilidad. → para la censura

Tocante a la cita que la marquesa viuda de Andrade pensaba conceder en falso, con resolución firmísima de hacer la del humo, la novela puede guardar un discreto mutismo; y no faltará a su elevada misión, con tal que refiera lo que ocurría a la puerta de la dama: indicación sobria y a la vez sumamente expresiva.

La berlina de la señora, enganchada desde las cinco, esperaba allí. El cochero, inmóvil, bien afianzado en su cuña, había permanecido algún tiempo en la actitud reglamentaria, enarbolada la fusta, recogidas las riendas, ladeado graciosamente el sombrero y muy juntas las punteras de las botas; pero transcurrido un cuarto de hora, el recalmón de la tardecita y el aburrimiento de la espera le derramaron en los párpados grato beleño y fue dejando caer la cabeza sobre el pecho, aflojando las manos, exhalando una especie de silbido y a veces un ronquido súbito, que le asustaba a él mismo, despertándole... También el caballo, durante los primeros momentos de quietud, se mantuvo engallado, airoso, dispuesto a beberse la distancia; pero al convencerse de que teníamos plantón, desplomó el cuerpo sobre las patas, sacudió el freno regándolo con espuma, entornó los ojos y se dispuso a la siesta. Hasta la misma berlina pareció afianzarse en las ruedas con ánimo de descansar.

Y fue poniéndose el sol, subiendo de piso en piso a despedirse de los cristales, refugiándose en la copa de las acacias de Recoletos cuando ya las envolvía la azul y vaporosa bruma del anochecer; y el calor diominuyó un tantico, y el farolero corrió encendiendo hilos de luz a lo largo de las calles... Berlina, caballo y cochero dormían, resignados con su suerte, sin que se les ocurriese que para semejante viaje no se necesitaban alforjas y que mejor se encontrarían la una metida en su funda, el otro despachando su ración de pienso, el último en su taberna favorita o viendo la novillada de aquella tarde...

Cerca de las siete serían cuando salió de la casa un hombre. Era apuesto y andaba aprisa, recatándose de la portera. Atravesó la calle y en la acera de enfrente se detuvo, mirando hacia las ventanas del cuarto de Asís. Ni rastro de persona asomada en ellas. El hombre siguió su camino hacia Recoletos.

XIII

Solía el comandante Pardo ir alguna que otra noche a casa de su paisana y amiga la marquesa de Andrade. Charlaban de mil cosas, disputando, acalorándose, y en suma, pasando la velada solos, contentos y entretenidos. De galanteo propiamente dicho, ni sombra, aun cuando la gente murmuraba (de la tertulia de la Sahagún saldría el chisme) que don Gabriel hacía tiro al decente caudal y a la agradable persona de Asís; si bien otros opinaban, con trazas y tono de mejor informados, que ni a Pardo le importaba el dinero, por ser desinteresadísimo, ni las mujeres, por hallarse mal curada todavía la herida de un gran desengaño amoroso que en Galicia sufriera: una historia romántica y algo oscura con una sobrina, que por huir de él se había metido monja en un convento de Santiago.

Ello es que Pardo resolvió consagrar a la dama la noche del día en que la berlina echó la siesta famosa. Serían las nueve cuando llamó a la puerta. Generalmente los criados le hacían entrar con un apresuramiento que delataba el gusto de la señora en recibir semejantes visitas. Pero aquella noche, así Perfecto (el mozo de comedor a quien Asís llamaba Imperfecto por sus gedeonadas) como la Diabla, se miraron y respondieron a la pregunta usual del comandante titubeando e indecisos.

—¿Qué pasa? ¿Ha salido la señorita? Los martes no acostumbra.

—Salir..., como salir... —balbució Imperfecto.

—No, salir no —acudió la Diabla viéndole en apuro—. Pero está un poco...

—Un poco delicada —declaró el criado con tono diplomático.

—¿Cómo delicada? —exclamó el comandante alzando la voz—. ¿Desde cuándo se encuentra enferma? ¿Y qué tiene? ¿Guarda cama?

—No, señor, guardar cama, no... Unas miajas de jaqueca...

—¡Ah! bien: díganla ustedes que volveré mañana a saber... y que la deseo alivio. ¿Eh? ¡No se olviden!

Acabar de decir esto el comandante y aparecer en la antesala Asís en bata y arrastrando chinelas finas, fue todo uno.

—Pero que siempre han de entender al revés cuanto se les manda... Estoy, Pardo, estoy visible... Entre usted... ¡Qué tienen que ver las órdenes que se dan así, en general, para la gente de cumplido!... Haga usted el favor de pasar aquí...

Gabriel entró. La sala estaba tan simpática, tan tentadora, tan fresca como la víspera; la pantalla de encaje filtraba la misma luz rosada y ensoñadora; en una talavera de botica se marchitaba un ramo de lilas y rosas blancas. Tropezó el pie del comandante, al ir a sentarse en su butaca de costumbre, con un objeto medio oculto en las arrugas del tapiz turco arrojado ante el diván. Se bajó y recogió del suelo el estorbo, maquinalmente. Asís extendió la mano, y a pesar de lo muy distraído y sonámbulo que era Gabriel, no pudo menos de observar la agitación de la dama al recobrar la prenda, uno de esos tarjeteros sin cierre, de cuero inglés, con dos iniciales de plata enlazadas, prenda evidentemente masculina. Por un instinto de discreción y respeto, Gabriel se hizo el tonto y entregó su hallazgo sin intentar ver la cifra.

—Pues me habían dado un susto ese Imperfecto y esa Diabla... —murmuró tratando de disimular mejor la sorpresa—. Están en Belén... ¿Se había usted negado, sí o no?

—Le diré a usted... Di una orden... Claro que con usted no rezaba; bien ha visto usted que le llamé... —alegó la señora con acento contrito, cual si se disculpase de alguna falta gorda, y muy inmutada, aunque, esforzándose también en no descubrirlo.

—¿Y qué es ello? ¿Jaqueca?

—Sí..., bastante incómoda (Asís se llevó la mano a la sien).

—Entonces le voy a dar a usted la noche si me quedo. La dejaré a usted descansar... En durmiendo se pasa.

—No, no, ¡qué disparate!... No se va usted. Al contrario...

—¿Cómo que al contrario? Ruego que se expliquen esas palabras —exclamó el comandante, aprovechando la ocasión de bromear para que se le quitase a Asís el sobresalto.

—Se explicarán… Significan que va usted a acompañarme por ahí fuera un ratito... A dar una vuelta a pie. Me conviene esparcirme, tomar el aire...

—Iremos a un teatrillo... ¿Quiere usted? Dicen que es muy gracioso «El padrón municipal», en Lara.

—Teatrillo..., ¿calor, luces, gente? Usted pretende asesinarme. No, si lo que me pide el cuerpo es ejercicio. Así, conforme estoy, sin vestirme... Me planto un abrigo y un velo... Me calzo... y jala.

—A sus órdenes...

Cuando salieron a la calle, Asís suspiró, aliviada, y con el impulso de su andar señaló la dirección del paseo.

El barrio de Salamanca, a trechos, causa la ilusión gratísima de estar en el campo: masas de árboles, ambiente oxigenado y oloroso, espacio libre, y una bóveda de firmamento que parece más elevada que en el resto de Madrid.

La noche era espléndida, y al levantar Asís la cabeza para contemplar el centelleo de los astros, se le ocurrió, por decir alguna cosa, compararlos a las joyas que solía admirar en los bailes.

—Aquellas cuatro estrellitas seguidas parecen el imperdible de la marquesa de Riachuelo..., cuatro brillantazos que le dejan a uno bizco. Esa constelación... ¡allí, hombre allí!, hace el mismo efecto que la joya que le trajo de París su marido a la Torres-Nobles... Hasta tiene en medio una estrellita amarillenta, que será el brillante brasileño del centro. Aquel lucero tan bonito que está solo...

—Es Venus... Tiene algo de emblemático eso de que Venus sea tan guapa.

—Usted siempre confundiendo lo humano y lo divino...

—No, si la mescolanza fue usted quien la armó comparando los astros a las joyas de sus amiguitas. ¡Qué hermoso es el cielo de Madrid! —añadió después de breve silencio—. En esto, tenemos que rendir el pabellón, paisana. Nuestro suelo es más fresco, más bonito; pero la limpieza de esta atmósfera... Allá hay que mirar hacia abajo, aquí hacia arriba.

Callaron un ratito.

En aquel dosel azul sembrado de flores de pedrería, Asís y el comandante veían la misma cosa, un tarjetero de piel inglesa, y como por magnética virtud, sentían al través de sus brazos, que se tocaban, el mutuo pensamiento.

Hallábanse al final del Prado, enteramente desierto a tales horas, con sus sillas recogidas y vueltas. Se escuchaba el murmullo monótono de la Cibeles, y allá en el fondo del jardincillo, tras las irregulares masas de las coníferas, destacaba el Museo su elegante silueta de palacio italiano. No pasaba un alma, y la plazuela de las Cortes, a la luz de sus faroles de gas, parecía tan solitaria como el Prado mismo.

—¿Subimos hacia la Carrera? —interrogó Pardo.

—No, paisano... ¡Ay Jesús! A los dos pasos nos encontrábamos algún conocido y mañana..., chi, chi, chi..., cuen tecito en casa de Sahagún o donde se les antoje. Bajemos hacia Atocha.

—Y usted ¿por qué da a eso tanta importancia? ¿Qué tiene de particular que salga usted a tomar el fresco en compañía de un amigo formal? Cuidado que son majaderas las fórmulas sociales. Yo puedo ir a su casa de usted a estarme allí las horas muertas sin que nadie se entere ni se ocupe, y luego, si salimos reunidos a la calle media hora..., cataplum.

—¡Qué manía tiene usted de ir contra la corriente!... Nosotros no vamos a volver el mundo patas arriba. Dejarlo que rucde. Todo tiene sus porqués, y en algo se fundan esas precauciones o fórmulas, como usted les llama. ¡Ay! ¡Qué fresquito tan hermoso corre!

—¿Está usted mejor?

—Un poco. Me da la vida este aire.

—¿Quiere usted sentarse un rato? El sitio convida.

Sí que convidaba el sitio, a la vez acompañado y solo: unos anchos asientos de piedra que hay delante del Museo, a la entrada de la calle de Trajineros, la cual si por su gran proximidad a la plazuela de las Cortes resulta céntrica y decorosa, a semejante hora compite en lo desierta con el despoblado más formidable de Castilla. Las acacias prodigaban su rica esencia, y si el comandante tuviese propósito de declarar a la señora algún atrevido pensamiento, nunca mejor. No sería así, porque después de tomar asiento se quedaron mudos ella y él; Asís, además de muda, estaba cabizbaja y absorta.

No es posible que esta clase de pausas se establezcan en una entrevista a solas de hombre a mujer, en tales sitios y horas, sin producirles a los dos un estado de ánimo singular, a la vez atractivo y embarazoso. El comandante limpió sus quevedos, operación que verificaba muy a menudo, volvió a calárselos, y salió por la puerta o por la ventana, juzgando que la señora desearía explayarse.

—A mí no me la pega usted con jaquecas, Paquita... Usted tiene algo... alguna cosa que la preocupa en gordo...

No se me alarme usted: ya sabe que somos amigos viejos.

—Pero si no tengo nada... ¡Qué ocurrencia!

—Mejor, señora, mejor, celebro que sea así —dijo don Gabriel retrocediendo discretamente—. Yo, en cambio, le podría confiar a usted penas muy grandes..., cosas raras.

—¿Lo de la sobrina? —preguntó Asís con curiosidad, pues ya dos o tres veces en conversación familiar habían aludido de rechazo a ese misterio de la vida de don Gabriel.

—Sí; al menos la parte mía..., lo que me toca..., eso puedo contárselo a usted. Sabe Dios cómo lo glosa la gente. —Pardo se alzó el sombrero, porque tenía las sienes húmedas de sudor—. Creo que se dice que la pobrecilla me detestaba y que por librarse de mí entró en un convento de novicia... Falso. No me detestaba, y es más: me hubiese querido con toda su alma a la vuelta de poco tiempo... Sólo que ella misma no acertó a descifrarlo. Cuando me conoció, estaba comprometida con otro hombre... cuya clase... no... En fin, que no podía aspirar a ser su marido. Y al convencerse de esto, la infeliz muchacha pensó que se acababa el mundo para ella y que no tenía más refugio que el convento. ¡Ay, Paquita! ¡Si supiese usted qué ratos..., qué tragedia! Es asombroso que después de ciertos acontecimientos pueda uno volver a vivir como antes... y vaya a tertulias y se chancee, y mire otra vez a las mujeres, y le agraden, sí..., como me agrada usted, por ejemplo..., y no lo eche usted a mala parte, que no soy pretendiente importuno, sino amigo de verdad. Ya sabe usted cómo digo yo las cosas.

Oía la dama la voz del artillero y al par otra interior que zumbaba confusamente:

«Confíale algo..., al menos indícale tu situación... Ideas estrafalarias las tiene, y a veces es poco práctico, pero es leal... No corres peligro, no... Así te desahogarás... Tal vez te aconseje bien. Anda, boba... ¿No hace él confianza de ti? Además..., no creas que callando le engañas... ¡Quítale ya la escama del tarjetero!»

A pesar de las excitaciones de la voz indiscreta, la señora, en alto, decía tan sólo:

—¿Conque la chica le quería a usted algo? ¿Sin saberlo? ¡Eso es muy particular! ¿Y cómo lo explica usted?

—¡Ay, Paquita! He renunciado a explicar cosa alguna... No hay explicación que valga para los fenómenos del corazón. Cuanto más se quieren entender, más se oscurecen. Hay en nosotros anomalías tan raras, contradicciones tan absurdas... Y a la vez cierta lógica fatal. En esto de la simpatía sexual, o del amor, o como usted guste llamarle, es en lo que se ven mayores extravagancias. Luego, a los caprichos y las desviaciones y los brincos de esta víscera que tenemos aquí, sume usted la maraña de ideas con que la sociedad complica los problemas psicológicos. La sociedad...

—Contigo tengo la tema, morena... —interrumpió Asís festivamente—. Usted le echa a la sociedad todas las culpas. Ahí que no duele. Ya no sé cómo tiene espaldas la infeliz.

—Pues, figúrese usted, paisana. Como que de mi tragedia únicamente es responsable la sociedad. Por atribuir exagerada importancia a lo que tiene mucha menos ante las leyes naturales. Por hacer lo principal de lo accesorio. En fin, punto en boca. No quiero escandalizarla a usted.

—Paisano... Pero si me da mucha curiosidad eso que iba usted diciendo... No me deje a media miel... Todas las cosas pueden decirse, según como se digan. No me escandalizaré, vamos.

—Bien, siendo así… Pero ya no sé en qué estábamos… ¿Usted se acuerda?

—Decía usted que lo principal y lo accesorio... Eso será alguna herejía tremenda, cuando no quiso usted pasar de ahí.

—Sí, señora... Verá usted la herejía... Yo llamo accesorio a lo que en estas cuestiones suele llamarse principal... ¿Se hace usted cargo?

Asís no respondió, porque pasaba un mozalbete silbando un aire de zarzuela y mirando de reojo y con malicia al sospechoso grupo. Cuando se perdió de vista, pronunció la dama:

—¿Y si me equivoco?

—¿No se asusta usted si lo expreso claramente?

La verdad, desde cierta distancia aquello parecía un diálogo amoroso. Acaso la valla que existía para que ni pudiese serlo ni llegase a serlo jamás, era un delgado y breve trozo de piel inglesa, la cubierta de un tarjetero.

—No, no me asusto... Vamos a hablar como dos amigos..., francamente.

—¿Quedamos en eso? ¡Magnífico! Pues conste que ya no tiene usted derecho para reñirme si se me va la lengua... Procuraré, sin embargo... En fin, entiendo por accesorio... aquello que ustedes juzgan irreparable. ¿Lo pongo más claro aún?

—¡No, ¡basta! —gritó la señora—. Pero entonces, ¿qué es lo principal según usted?

—Una cosa que abunda menos... y en cambio, vale más... La realidad de un cariño muy fuerte entre dos... ¿Qué le parece a usted?

—¡Caramba! —exclamó la señora meditabunda.

—Le voy a proponer a usted una demostración de mi teoría... Ejemplo; como dicen los predicadores. Imagínese que en vez de estar en el Prado, estamos en Tierra de Campos, a dos leguas de un poblachón; que yo soy un bárbaro; que me prevalgo de la ocasión, y abuso de la fuerza, y la falto a usted al respeto debido... ¿Hay entre nosotros, dos minutos después, algún vínculo que no existía dos minutos antes? No señora. Lo mismo que si ahora se trompica usted con una esquina..., se hace daño..., procura apartarse y andar con más cuidado otra vez... y acabóse.

—Pintado el lance así..., lo que habría, que usted me parecería atroz de antipático y de bruto.

—Eso sí...; pero vamos a perfeccionar el ejemplo, y pido a usted perdón de antemano por una conversación tan *schoking*. Pues no, señora: suponga usted que yo no abuso de la fuerza ni ese es el camino. Lo que hago es explotar con maña la situación y despertar en usted ese germen que existe en todo ser humano... Nada de violencia: si acaso, en el terreno puramente moral... Yo soy hábil y provoco en usted un momento de flaqueza.

Fortuna que era de noche y estaba lejos del farol, que si no, el sofoco y el azoramiento de la dama se le meterían por los ojos al comandante. «Lo sabe, lo sabe», calculaba para sí, toda trémula, y en voz alterada y suplicante exclamó interrumpiendo:

—¡Qué horror! ¡Don Gabriel!

—¿Qué horror? ¡Mire usted lo que va de ustedes a nosotros! Ese horror, Paquita del alma, no les parece horrible a los caballeros que usted trata y estima: al marqués de Huelva, con su severidad de principios y su encomienda de Calatrava, que no se quita ni para bañarse...; al papá de usted, tan amable y francote...; a mí..., al otro..., a toditos. Es valor entendido, y a nadie le extraña ni le importa un bledo. Tratándose de ustedes es cuando por lo más insignificante se arma una batahola de mil diablos, que no parece sino que arde por los cuatro costados Madrid. La infeliz de ustedes que resbala, si olfateamos el resbalón, nos arrojamos a ella como sabuesos, y, o se salva casándose con el seductor, o la matriculamos en el gremio de las mujeres galantes hasta la hora de la muerte. Ya puede, después de su falta, llevar vida más ejemplar que la de una monja: la hemos fallado...; no nos la pega más. O bodas, o es usted una corrida, una perdida de profesión... ¡Bonita lógica! Usted, niña inocente, que cae víctima de la poca edad, la inexperiencia y la tiranía de los afectos y las inclinaciones naturales, púdrase en un convento, que ya no tiene usted más camino... Amiga Asís... ¡Tonterías!

Mientras hablaba el comandante, su fantasía, en vez de los plátanos del jardincillo, le representaba otras masas sombrías de follaje, robles y castaños; y el olor fragante de las flores de acacia le parecía el de las silvestres mentas que crecen al borde de los linderos en el valle de Ulloa. La dama que tenía a su lado, por el mismo fenómeno de óptica interior, veía el rebullicio de una feria, una casita al borde del Manzanares, un cuartuco estrecho, un camastro, una taza de té volcada...

—Tonterías —prosiguió don Gabriel, sin fijarse en la gran emoción de Asís—; pero que se pagan caras a veces... Sucede que se nos imponen, y que por obedecerlas, una mujer de instintos nobles se juzga manchada, vilipendiada, infamada por toda su vida a consecuencia de un minuto de extravío, y, de no poder casarse con aquel a quien se cree ligada para siempre jamás, se anula, se entierra, se despide de la felicidad por los siglos de los siglos amén... Es monja sin vocación, o es esposa sin cariño... Ahí tiene usted dónde paran ciertas cosas.

Al murmurar con amargura estas palabras, el comandante, en lugar de la silueta gentil del Museo, veía las verdosas tapias del convento santiagués, las negras rejas de trágicos recuerdos, y tras de aquellas rejas, comidas de orín, una cara pálida, con oscuros ojos, muy semejante a la de cierta hermana suya, que había sido el cariño más profundo de su vida.

XIV

—Vaya, Pardo... Es usted terrible. ¿Me requiere usted igualar la moral de los hombres con la de las mujeres?

—Paquita..., dejémonos de clichés. —Pardo usaba muy a menudo esta palabrilla para condenar las frases o ideas vulgares—. Tanto jabón llevan ustedes en las suelas del calzado, como nosotros. Es una hipocresía detestable eso de acusarlas e infamarlas a ustedes con tal rigor por lo que en nosotros nada significa.

—¿Y la conciencia, señor mío? ¿Y Dios?

La dama argüía con cierta afectada solemnidad y severidad, bajo la cual velaba una satisfacción inmensa. Iban pareciéndole muy bonitos y sensatos los detestables sofismas del comandante, que así pervierte la pasión el entendimiento.

—¡La conciencia! ¡Dios! —exclamó él, remedando el

tono enfático de la señora—. Otro registro. Bueno: toqué-
moslo también. ¿Se trata de pecadores creyentes? ¿Católicos, apostólicos, romanos?

—Por supuesto. ¿Ha de ser todo el mundo hereje como
usted?

—Pues si tratamos de creyentes, la cuestión de conciencia es independiente de la de sexo. Aunque me llama usted
hereje, todavía no he olvidado la doctrina; puedo decirle a
usted de corrido los diez mandamientos... y se me figura
que rezan igual con nosotros que con ustedes. Y también
sé que el confesor las absuelve y perdona a ustedes igualito
que a nosotros. Lo que pide a la penitente el ministro de
Dios es arrepentimiento, propósito de la enmienda. El
mundo, más severo que Dios, pide la perfección absoluta,
y si no... O todo o nada.

—No, no; mire usted que también el confesor nos aprieta más las clavijas. Para ustedes la manga se ensancha un
poquito... —repuso Asís, paladeando el deleite de aducir
malas razones para saborear el gusto de verlas refutadas.

—Hija, si eso hacen, es por prudencia, para que no
desertemos del confesonario si nos da por frecuentarlo...
En el fondo, ningún confesor le dirá a usted que hay un
pecado más para las hembras. Es decir, que la cosa queda
reducida a las consecuencias positivas, exteriores..., al criterio social. En salvando éste, en no sabiéndose nada, el
asunto no tiene más trascendencia en ustedes que en
nosotros... Y en nosotros... ¡ayúdeme usted a sentir! (Al
argüir así, el comandante castañeteaba los dedos.) Ahora,
si usted me ataca por otro lado...

—Yo... —balbució la señora, sin pizca de ganas de
atacar.

—Si me sale usted con el respeto y la estimación propia..., con lo que cada cual se debe a sí mismo...

—Eso..., lo que cada cual se debe a sí mismo —articuló
Asís hecha una amapola.

—Convendré en que eso siempre realza a una mujer;
pero, en gran parte, depende del criterio social. La mujer

se cree infamada, después de una de esas caídas, ante su propia conciencia, porque le han hecho concebir desde niña que lo más malo, lo más infamante, lo irreparable, es eso; que es como el infierno, donde no sale el que entra. A nosotros nos enseñan lo contrario; que es vergonzoso para el hombre no tener aventuras, y que hasta queda humillado si las rehúye... De modo, que lo mismo que a nosotros nos pone muy huecos, a ustedes las envilece. Preocupaciones hereditarias emocionales, como diría Spencer. Y vaya unos terminuchos que la suelto a usted.

—No, si yo con su trato ya me voy haciendo una sabia. Todos los días me aporrea usted los oídos con cada palabrota...

—¿Y si yo le dijese a usted —prosiguió Pardo echándose a disertar— que eso que llamé accesorio en las aventurillas, me parece a mí que en el cariño verdadero, cuando están unidas así, así, como si las pegasen con argamasa, las voluntades, llega a ser más accesorio aún? Es el complemento de otra cosa mucho más grande, que dura siempre, y que comprende eso y todo lo demás... Lo estoy embrollando, paisana. Usted se ríe de mí; a callar.

Asís oía, oía con toda su alma, pareciéndole que nunca había tenido su paisano momentos tan felices como aquella noche, ni hablado tan discreta y profundamente. Los dichos del comandante, que al pronto lastimaban sus convicciones adquiridas, entraban, sin embargo, como bien disparadas saetas hasta el fondo de su entendimiento y encendían en él una especie de hoguera incendiaria, a cuya destructora luz veía tambalearse infinitas ideas de las que había creído más sólidas y firmes hasta entonces. Era como si le arrancasen del espíritu una muela dañada: dolor y susto al sentir el frío del instrumento y el tirón; pero después, un alivio, una sensación tan grata viéndose libre de aquel cuerpo muerto... Anestesia de la conciencia, con cloroformo de malas doctrinas, podría llamarse aquella operación quirúrgico-moral.

«Es un extravagante este hombre —pensaba la operada—. Decir, me está diciendo cosas estupendas... Pero se me figura que le sobra la razón por encima de los pelos. Habla por su boca la justicia. ¿Va una a creerse criminal por unos instantes de error? Siempre estoy a tiempo de pararme y no reincidir... ¡Claro que si por sistema!... Ni él tampoco dice eso, no... Su teoría es que ciertas cosas que suceden así..., qué sé yo cómo, sin iniciativa ni premeditación por parte de uno, no han de mirarse como manchas de esas que ya nunca se limpian... El mismo padre Urdax de fijo que no es tan severo en eso como la sociedad hipocritona... ¡Ay Dios mío! Ya estoy como mi paisano, echándole a la sociedad la culpa de todo.»

Al llegar aquí de sus reflexiones la dama, la molestó un cosquilleo, primero entre las cejas, luego en la membrana de la nariz... ¡Aaach! Estornudó con ruido, estremeciéndose.

—¡Adiós! Ya se me ha resfriado usted —exclamó su amigo—. No está usted acostumbrada a estas vagancias al sereno... Levántase usted y paseemos.

—No, si no es el rocío lo que me acatarra a mí... He tomado sol.

—¿Sol? ¿Cuándo?

—Ayer..., digo, anteayer..., yendo... sí, yendo a misa a las Pascualas. No crea usted: desde entonces ando yo regular, nada más que regularcita. Cuándo jaquecas, cuándo mareos.

—De todos modos... guíese usted por mí: caminemos, ¿eh? Si sobre la insolación le viene a usted un pasmo... o coge usted unas intermitentes de éstas de primavera en Madrid...

—No se asuste usted... Tengo poco de aprensiva —contestó la dama levantándose y envolviéndose mejor en el abrigo.

—¿A su casa de usted?

—Bien..., sí, vamos hacia allá despacio.

No siguió el comandante explanando sus disolventes opiniones hasta la misma puerta de la señora. Al abrirla

Imperfecto, Asís convidó a su amigo a que descansase un rato; él se negó; necesitaba darse una vuelta por el Círculo Militar, leer los periódicos extranjeros y hablar con un par de amigos, a última hora, en Fornos. Deseó respetuosamente las buenas noches a la señora y bajó las escaleras a paso redoblado. Con el mismo echó calle abajo aquel gran despreocupado, nihilista de la moral, y nos consta que iba haciendo éste o parecido soliloquio, idéntico al que, en igualdad de circunstancias, haría otra persona que pensase según todos los *clichés* admitidos:

«Me ha engañado la viuda... Yo, que la creía una señora impecable. Un apabullo como otro cualquiera. No he mirado las iniciales del tarjetero: serían... ¡Vaya usted a saber! Porque en realidad, ni nadie murmura de ella, ni veo a su alrededor persona que... En fin, cosas que suceden en la vida; chascos que uno se lleva. Cuando pienso que a veces se me pasaba por la cabeza decirle algo formal... No, esto no es un caballo muerto, ¡qué disparate!, es sólo un tropiezo del caballo... No he llegado a caerme... ¡Así fuesen los desengaños todos!...

Siguió caminando sin ver los árboles del Retiro, que se agrupaban en misteriosas masas a su derecha. Ni percibía el olor de las acacias. Pero él seguía oliendo, no a los cortesanos y pulidos vegetales de los paseos públicos, sino a otros árboles rurales, bravíos y libres: los que producen la morena castaña que se asa en los magostos de noviembre, en el valle de los Pazos.

XV

La tarde del día siguiente la dedicó Asís a pagar visitas. Tarea maquinal y enfadosa, deber de los más irritantes que el pacto social impone. Raro es que nadie se somete a él sin murmurar, por fuera o por dentro, del mundo y sus farsas. Menos mal cuando las visitas se hacen, como las hacía la dama, en pies ajenos. Entonces lo arduo de la faena empieza en las porterías. ¡Si todas las casas fuesen como la de Sahagún o la Torres-Nobles, por ejemplo! Allí, antes de llegar, ya llevaba Asís en la mano la tarjeta con el pico dobladito, y al sentir rodar el coche, ya estaba asomándose al ancho vano del portón, el portero, imponente, patilludo, correcto, amabilísimo, que recogía la tarjeta preguntando: —«¿Adónde desea ir la señora?» —para transmitir la orden al cochero. Los Torres-Nobles, los Sahagún, los Pinogrande y otras familias así, de muy alto copete, no recibían sino de noche alguna vez, y el llegarse a su casa para dejar la tarjeta representaba una fórmula de cortesía facilísima de cumplir al bajar al paseo o al volver de las tiendas. Pero si entre las relaciones de Asís las había tan granadas, otras eran de muchísimo menos fuste, y algunas procedentes de Vigo, rayaban en modestas. Y allí era el entrar en portales angostos, el parlamentar con porteras gruñonas, la desconsoladora respuesta: —«Sí, señora me paece que no ha salío en to el día de casa... Tercero con entresuelo, primero y principal... a mano izquierda»—. Y la ascensión interminable, el sobrealiento, el tedio de subir por aquel caracol oscuro, con olores a cocina y a todas las oficinas caseras, y la cerril alcarreña que abre, y la acogida embarazosa, las empalagosas preguntillas, los chiquillos sucios y desgreñados, los relatos de enfermedades, la chismografía viguesa agigantada por la óptica de la distancia... Vamos, que era para renegar, y Asís renegaba en su interior, consultando, sin embargo, la lista de la cartera y diciendo con un suspiro profundo: «¡Ay! Aún falta la viuda de Pardiñas..., la madre del médico de Celas..., y Rita, la hermana de Gabriel Pardo... Y ésa sí que es urgente... Ha tenido al chiquillo con difteria...»

Por lo mismo que el ajetreo de las visitas había sido tan cargante, que a la mayor parte se las encontrara en casa y que no le sacaron sino conversaciones capaces de aburrir a una estatua de yeso, la dama regresaba a su vivienda con el espíritu muy sosegado. A semejanza de los devotos que si les hurga la conciencia se imponen la obligación de rezar tres rosarios seguidos y una serie considerable de padre-nuestros, Asís, sintiéndose reo de perturbación social, o al menos de amago de este delito, se consagraba a cumplir minuciosamente los ritos de desagravio, y como le habían producido tan soberano fastidio, juzgaba saldada más de la mitad de su cuenta. Por otra parte, encontrábase decidida —más que nunca— a cortar las irregularidades de su conducta presente. Tenía razón el comandante: la falta, bien mirado, no era tan inaudita, pero si trascendía al público, ¡ah! ¡entonces! Evitar el escándalo y la reincidencia, precaver lo venidero..., y se acabó. Cortar de raíz, eso sí (la dama veía entonces la virtud en forma de grandes y afiladísimas tijeras, como las que usan los sastres). Y bien podía hacerlo porque, la verdad ante todo, su corazón no estaba interesado... «Vamos a ver —argüía para sí la señora—. Supongamos que ahora viniesen a decirme: Diego Pacheco se ha largado esta mañana a su tierra, donde parece que se casa con una muchacha preciosa... Nada, yo tan fresca, sin echar ni una lágrima. Hasta puede que diese gracias a Dios, viéndome libre de este grave compromiso. Pues la cosa es bien sencilla: ¿se había de ir él? Soy yo quien se larga. Así como así, días arriba o abajo, ya estaba cerca el de irse a veranear... Pues adelanto el veraneo un poquillo... y corrientes.» ¡Qué descanso tomar el tren! Se concluían aquellos recelos incesantes, aquel volver el rostro cuando la Diabla le preguntaba alguna cosa, aquella tartamudez, aquella vergüenza, vergüenza tonta en una viuda, que al fin y al cabo era libre y no tenía que dar a nadie cuenta de sus actos...

Pensaba en estas cosas cuando se apeó y empezó a subir la escalera de su casa. Aún no estaba encendida la luz, caso frecuente en las tardes veraniegas. Al segundo tramo... ¡Dios nos asista! Un hombre que se destaca del oscuro rincón... ¡Pacheco!

Reprimió el chillido. El meridional la cogía ambas manos con violencia.

—¿Cómo está mi niña? Tres veces he venido y siempre

te negaron..., Lo que es una de ellas juro que estabas en casa... Si no quieres verme, dímelo a mí, que no vendré... Te miraré de lejitos en el paseo o en el teatro... Pero no me despidas con una criada, que se ríe de mí al darme con la puerta en las narices.

—No..., pero si yo... —contestaba aturdida la señora.

—¿No se había negado la nena para mí?

—No, para ti no... —afirmó rápidamente Asís con acento de sinceridad: tan espontáneo e inevitable suele ser en ciertas ocasiones el engaño.

—Pues, entonces, vengo esta noche. ¿Sí? Esta noche a las nueve.

Hizo la dama un expresivo movimiento.

—¿No quieres? ¿Tienes compromiso de salir, de ir a alguna parte? La verdad, chiquilla. Me largaré como aquel a quien le han dado cañaso, pero no porfiaré. Me sabe mal porfiar. Por mí no has de tener tú media hora de disgusto.

Asís titubeaba. Cosa rara y sin embargo explicable dentro de cierto misterioso ilogismo que impone a la conducta femenina la difícil situación de la mujer: lo que decidió su respuesta afirmativa fue cabalmente la resolución de poner tierra en medio que acababa de adoptar en el coche.

—Bueno, a las nueve... (Pacheco la apretó contra sí). Pero... ¿te irás a las diez?

—¿A las diez? Es tanto como no venir... Tú tienes que hacer hoy: dímelo así clarito.

—Que hacer, no... Por los criados. No me gusta dar espectáculo a esa gente.

—El chico no importa, es un bausán... La chica es más avispada. Mándala con un recado fuera... Hasta pronto.

Y Pacheco ocultó la cara en el pelo de la señora, descomponiéndola y echándola el sombrero hacia atrás. Ella se lo arregló antes de llamar, lo cual hizo con pulso trémulo.

Iba muy preocupada, mucho. Se desnudó distraídamente, dejando una prenda aquí y otra acullá; la Diabla las recogía y colgaba, no sin haberlas sacudido y examinado con un detenimiento que a Asís le pareció importuno. ¿Por qué no rehusar firmemente la dichosa cita?... Sí, sería mejor; pero al fin, para el tiempo que faltaba... Volvióse hacia la doncella.

—Mira, revisarás el mundo grande..., creo que tiene descompuestas las bisagras. Acuérdate mañana de ir a casa de Madama Armandina...; puede que ya estén los sombreros listos... Si no están, las das prisa. Que quiero marcharme pronto, pronto.

—¿A Vigo, señorita? —preguntó la Diabla con hipócrita suavidad.

—Pues ¿adónde? También te darás una vuelta por el zapatero... y a ver si en la plazuela del Ángel tienen compuesto el abanico.

Dictando estas órdenes se calmaba. No, el rehusar no era factible. Si le hubiese despedido esta noche, él querría volver mañana. Disimulo, transigir... y, como decía él..., najencia.

Comió poco; sentía esa constricción en el diafragma, inseparable compañera de las ansiedades y zozobras del espíritu. Miraba frecuentemente para la esfera del reloj, el cual no señalaba más que las ocho al levantarse la señora de la mesa.

—Oye, Ángela...

Faltábale saliva en la boca; la lengua se le pegaba al velo del paladar.

—Oye, hija... ¿Quieres... irte a pasar esta noche con tu hermana, la casada con el guardia civil? ¿Eh?

—¡Ay señorita!... Yo, con mil amores... Pero vive tan lejos: el cuartel lo tienen allá en las Peñuelas... Mientras se va y se viene...

—Es lo de menos... Te pago el tranvía... o un simón. Lo que te haga falta... Y aunque vuelvas después de... medianoche, ¿eh?, no dejarán de abrirte. Come a escape... Mira, ¿no tiene tu hermana una niña de seis años?

—De ocho, señorita, de ocho... Y un muñeco de trece meses que anda con la dentición.

—Bien: a la niña podrá servirle, arreglándola... Le llevas aquella ropa de Marujita que hemos apartado el otro día...

—Dios se lo pague... ¿También el sombrero de castor blanco, con el pájaro?

—También... Anda ya.

El sombrero de castor produjo excelente efecto. Imaginaba siempre la señora que, de algunos días a esta parte, su doncella se atrevía a mirarla y hablarla ya con indefinible acento severo, ya con disimulada entonación irónica; pero después de tan espléndida donación, por más que aguzó la malicia, no pudo advertir en el gracioso semblante de la criada sino júbilo y gratitud. Comió la Diabla en tres minutos: ni visto ni oído, y a poco se presentó a su ama muy maja y pizpireta, con traje dominguero, el pelo rizado a tenacilla, botas que cantaban.

—Vete, hija, ya debe de ser tarde... Las nueve menos cuarto...

—No señorita... Las ocho y veinticinco por el comedor... ¿Tiene algo que mandar? ¿Quiere alguna cosa?

—Nada, nada... Que lo pases bien... ¡Qué elegante te has puesto!... ¿Allí habrá gente, eh? ¿Guardias civiles? ¿Jóvenes?

—Algunos... Hay uno de nuestra tierra... de la provincia de Pontevedra, de Marín..., alto él, con bigote negro.

—Bien, hija... Pues lo que es por mí, ya puedes marcharte.

¿Qué haría aquella maldita Diabla, que un cuarto de hora después de recibidas semejantes despachaderas aún no había tomado el portante? Con el oído pegado a la puertecilla falsa de su dormitorio, que caía al pasillo, Asís espiaba la salida de su doncella. Al fin sintió pasitos, taconeo de calzado flamante, oyó una risotada, un ¡divertirse y gastar poco! que venía de la cocina... La puerta se abrió, hizo ¡puum! al cerrarse... ¡Ay, gracias a Dios!

Así que se fue la condenada chica, parecióle a la señora que todo el piso se había quedado en un silencio religioso, en un recogimiento inexplicable. Hasta la lámpara del saloncito alumbraba, si cabe, con luz más velada, más dulce que otras noches. Eran las nueve menos cuarto: Pacheco aún tardaría cosa de veinte minutos... Se oyó un campanillazo sentimental, tímido, como si la campanilla recelase pecar de indiscreta...

XVI

Era Pacheco, envuelto en su capa de embozos grana, impropia de la estación, y de hongo. Detúvose en la puerta como irresoluto, y Asís tuvo que animarle:

—Pase usted...

Entonces el galán se desembozó resueltamente y se informó de cómo andaba la salud de Asís.

En los primeros momentos de sus entrevistas, siempre se hablaban así empleando fórmulas corteses y preguntando cosas insignificantes; su saludo era el saludo de ordenanza en sociedad: estrecharse la mano. Ni ellos mismos podrían explicar la razón de este procedimiento extraño, que acaso fuese la cortedad debido a lo reciente e impensado de su trato amoroso. No obstante, algo especial y distinto de otras veces notaría el andaluz en la señora, que al sentarse en el diván a su lado, murmuró después de una embarazosa pausa:

—¡Qué fría me recibes! ¿Qué tienes?

—¡Qué disparate! ¿Qué voy a tener?

—¡Ay, prenda, prenda! A mí no se me engaña... Soy perro viejo en materia de mujeres. Estorbo. Tú tenías algún plan esta noche.

—Ninguno, ninguno —afirmó calurosamente Asís.

—Bien, lo creo. Eso sí que lo has dicho como se dicen las verdades. Pero, en plata: que no te pinchaban a ti las ganas de verme. Hoy me querías tú a cien leguas.

Aseveró esto metiendo sus dedos largos, de pulcras uñas, entre el pelo de la señora, y complaciéndose en alborotar el peinado sobrio, sin postizos ni rellenos, que Asís trataba de imitar del de la Pinogrande, maestra en los toques de la elegancia.

—Si no quisiese recibirte, con decírtelo...

—Así debiera ser..., el corasonsillo en la mano... Pero a veces se le figura a uno que está comprometido a pintar afecto, ¿sabes tú?, por caridad o qué sé yo por qué... Si yo lo he hecho a cada rato con un ciento de novias y de querías... Harto de ellas por cima de los pelos... y empeñado en aparentar otra cosa... porque es fuerte eso de estamparle a un hombre o a una hembra en su propia cara: —Ya me tiene usted hasta aquí...; no me hace usted ni tanto de ilusión.

—¡Quién sabe si eso te estará pasando a ti conmigo! —exclamó Asís festivamente, echándolas de modesta.

No contestó el meridional sino con un abrazo vehemente, apretado, repentino, y un —¡ojalá!— salido del alma, tan ronco y tan dramático, que la dama sintió rara conmoción, semejante a la del que, poniendo la mano sobre un aparato eléctrico, nota la sacudida de la corriente.

—¿Por qué dices ojalá? —preguntó, imitando el tono del andaluz.

—Porque esto es de más; porque nunca me vi como me veo; porque tú me has dado a beber zumo de hierbas desde que te he conocío, chiquilla... Porque estoy mareado, chiflado, loco por tus pedasos de almíbar... ¿Te enteras? Porque tú vas a ser causa de la perdición de un hombre, lo mismo que Dios está en el sielo y nos oye y nos ve... Terroncito de sal, ¿qué tienes en esta boca, y en estos ojos, y en toda tu persona, para que yo me ponga así? A ver, dímelo, gloria, veneno, sirena del mar.

La señora callaba, aturdida, no sabiendo qué contestar a tan apasionadas protestas; pero vino a sacarla del apuro un estruendo inesperado y desapacible, el alboroto de una de esas músicas ratoneras antes llamadas murgas, y que en la actualidad, por la manía reinante de elevarlo todo, adoptan el nombre de bandas populares.

—¡Oiga! ¿Nos dan cencerrada ya los vecinos del barrio? —gritó Pacheco, levantándose del sofá y entreabriendo las vidrieras—. ¡Y cómo desafinan los malditos!... Ven a oír, chiquilla, ven a oír. Verás cómo te rompen el tímpano.

En el meridional no era sorprendente este salto desde las ternezas más moriscas al más prosaico de los incidentes callejeros: estaba en su modo de ser la transición brusca, la rápida exteriorización de las impresiones.

—Mira, ven —continuó—. Te pongo aquí una butaca y nos recreamos. ¿A quién le dispararán la serenata?

—A un almacén de ultramarinos que se ha estrenado hoy —contestó Asís recordando casualmente chismografías de la Diabla—. En la otra acera, pocas casas más allá de la de enfrente. Aquella puerta..., allí. ¡Ya tenemos música para rato!

Pacheco arrastró un sillón hacia la ventana y se sentó en él.

—¡Desatento! —exclamó riendo la señora—. Pues ¿no decías que era para mí?

—Para ti es —respondió el amante cogiéndola por la cintura y obligándola quieras o no quieras a que se acomodase en sus rodillas. Se resistió algo la dama, y al fin tuvo que acceder. Pacheco la mecía como se mece a las criaturas, sin permitirse ningún agasajo distinto de los que pueden prodigarse a un niño inocente. Por forzosas exigencias de la postura, Asís echó un brazo al cuello, y después de los primeros minutos, reposó la cabeza en el hombro del andaluz. Un airecillo delgado, en que flotaban perfumes de acacia y ese peculiar olor de humo y ladrillo recaliente de la atmósfera madrileña en estío, entraba por las vidrieras, intentaba en balde mover las cortinas, y traía fragmentos de la música chillona, tolerable a favor de la distancia y de la noche, hora que tiene virtud para suavizar y concertar los más discordantes sonidos. Y la proximidad de los dos cuerpos ocupando un solo sillón, estrechaba también, sin duda, los espíritus, pues por vez primera en el curso de aquella historia entablóse entre Pacheco y la dama un cuchicheo íntimo, cariñoso, confidencial.

No hablaban de amor, versaba el coloquio sobre esas

cosas que parecen muy insignificantes escritas y que en la vida real no se tratan casi nunca sino en ocasiones semejantes a aquélla, en minutos de imprevista efusión. Asís menudeaba preguntas, exigiendo detalles biográficos: ¿Qué hacía Pacheco? ¿Por dónde andaba? ¿Cómo era su familia? ¿La vida anterior? ¿Los gustos? ¿Las amistades? ¿La edad justa, justa, por meses, días y no sé si horas?

—Pues yo soy más vieja que tú —murmuró pensativa, así que el gaditano hubo declarado su fe de bautismo.

—¡Gran cosa! Será un añito, o medio.

—No, no, dos lo menos. Dos, dos.

—Corriente, sí, pero el hombre siempre es más viejo, cachito de gloria, porque nosotros vivimos, ¿te enteras?, y vosotras no. Yo, en particular, he vivido por una docena. No imaginarás diablura que yo no haya catado. Soy maestro en el arte de hacer desatinos. ¡Si tú supieses algunas cosas mías!

Asís sintió una curiosidad punzante unida a un enojo sin motivo.

—Por lo visto eres todo un perdis, buena alhaja.

—¡Quiá!... ¿Perdis yo? Di que no, nena mía. Yo galanteé a trescientas mil mujeres y ahora me parece que no quise a ninguna. Yo hice cuanto disparate se puede hacer, y al mismo tiempo no tengo vicios. ¿Dirás que cómo es ese milagro? Siendo...; ahí verás tú. Los vicios no prenden en mí. Ninguno arraiga, ni arraigará jamás. Aún te declaro otra cosa: que no sólo no se me puede llamar vicioso, sino que si me descuido acabo por santo. Es según los lados a que me arrimo. ¿Me ponen en circunstancias de ser perdío? No me quedo atrás. ¿Que tocan a ser bueno? Nadie me gana. Si doy con gente arrastrada, ¿qué quieres tú?

—¿Hasta en lo tocante a la honra te dejarías llevar? —preguntó algo asustada Asís.

El gaditano se echó atrás como si le hubiese picado una sierpe.

—¡Hija! Vaya unas cosillas que me preguntas. ¿Me has tomado por algún secuestrador? Yo no secuestro más que a las hembras de tu facha. Pero ya sabes que en mi tierra, las pendencias no se cuentan por delitos... He enfriado a un infeliz..., qué más quisiera no haberle tocado al pelo de la ropa. Dejémoslo, que importa un pito. Fuera de esas trifulcas, no ha tenío el diablo por dónde cogerme: he jugado perdiendo y ganando un dinerillo... regular; he bebío..., vamos, que no me falta a mí saque; de novias y otros enredos... De esto estaría muy feo que te contase ná. Chitito. ¿Un cariño a tu rorro?

—Vamos, que eres la gran persona —protestó escandalizada Asís, desviándose en vez de acercarse como Pacheco pretendía.

—No lo sabes bien. Eso es como el Evangelio. Yo quisiera averiguar pa qué me ha echado Dios a este mundo. Porque soy, además de tronerilla, un haragán y un zángano de primera, niña del alma... No hago cosa de provecho, ni ganas de hacerla. ¿A qué? Mi padre, empeñao el buen señor en que me luzca y en que sirva al país, y dale con la chifladura de que me meta en política, y tumba con que salga diputao, y vaya a hacer el bu al Congreso... ¡En el Congreso yo! A mí, lo que es asustarme, ni el Congreso ni veinte Congresos me asustan. La farsa aquella no me pone miedo. Te aviso que en todo cuanto no me propongo salir avante, salgo y sin grandes fatigas: ¡qué! Pero a decir verdad, no me he tomado nunca trabajos así enormes, como no fuese por alguna mujer guapa. No soy memo ni lerdo, y si quisiese ir allí a pintar la mona como Albareda, la pintaría, figúrate. ¿Que se me ha muerto mi abuelita? ¡Si es la pura verdad! Sólo que too eso por que tanto se descuaja la gente, no vale los sudores que cuesta. En cambio... ¡una mujer como tú!...

Díjolo al oído de la dama, a quien estrechó más contra sí.

—Sólo esto, terrón de azúcar, sólo esto sabe bien en el mundo amargo... Tener así a una mujer adorándola... Así, apretadita, metida en el corazón... Lo demás..., ¡pamplina!

—Pero eso es atroz —protestó severamente Asís, cuya formalidad cantábrica se despertaba entonces con gran brío—. ¿De modo que no te avergüenzas de ser un hombre inútil, un mequetrefe, un cero a la izquierda?

—¿Y a ti qué te importa, lucerito? ¿Soy inútil pa quererte? ¿Has resuelto no enamorarte sino de tipos que mangoneen y anden agarraos a la casaca de algún ministro? Mira... Si te empeñas en hacer de mí un personaje, una notabilidad... como soy Diego que te sales con la tuya. Daré días de gloria a la patria; ¿no se dice así? Aguarda, aguarda..., verás qué registros saco. Proponte que me vuelva un Castelar o un Cánovas del Castillo, y me vuelvo... ¡Ole que sí! ¿Te creías tú que alguno de esos panolis vale más que este nene? Sólo que ellos largaron todo el trapo y yo recogí velas... Por no deslucirlos. Modestia pura.

No había más remedio que reírse de los dislates de aquel tarambana, y Asís lo hizo; al reírse hubo de toser un poco.

—¡Ea! ya te me acatarraste —exclamó el gaditano consternadísimo—. Hágame usted el obsequio de ponerse algo en la cabeza... Así, tan desabrigada... ¡Loca!

—Pero si nunca me pongo nada, ni... No soy enclenque.

—Pues hoy te pondrás, porque yo lo mando. Si aciertas a enfermar, me suicido.

Saltó Asís de brazos de su adorador, muerta de risa, y al saltar perdió una de sus bonitas chinelas, que por ser sin talón, a cada rato se le escurrían del pie. Recogióla Pacheco, calzándosela con mil extremos y zalamerías. La dama entró en su alcoba, y abriendo el armario de luna empezó a buscar a tientas una toquilla de encaje para ponérsela y que no la mareose aquel pesado. Vuelta estaba de espaldas a la poca luz que venía del saloncito, cuando sintió que dos brazos la ceñían el cuerpo. En medio de la lluvia de caricias delirantes que acompañó a demostración tan atrevida, Asís entreoyó una voz alterada, que repetía con acento serio y trágico:

—¡Te adoro!... ¡Me muero, me muero por ti!

Parecía la voz de otro hombre; hasta tenía ese *trémolo* penoso que da al acento humano el rugir de las emociones extraordinarias comprimido en la garganta por la voluntad. Impresionada, Asís se volvió soltando la toquilla.

—Diego... —tartamudeó llamando así a Pacheco por primera vez.

—¿Por qué no dices Diego mío, Diego del alma? —exclamó con fuego el andaluz deshaciéndola entre sus brazos.

—¡Qué sé yo!... Cuando uno habla así... me parece cosa de novela o de comedia. Es una ridiculez.

—¡Prueba..., prueba!... ¡Ay! ¡Cómo lo has dicho! ¡Diego mío! —prorrumpió él remedando a la señora, al mismo tiempo que la soltaba casi con igual violencia que la había cogido—. ¡Pedazo de hielo! ¡Vaya unas hembras que se gastan en tu país!... ¡Marusiñas! ¡Reniego de ellas todas! ¡Qué las echen al carro de la basura!

—Mira —dijo la dama tomándolo otra vez a risa— eres un cómico y un orate... No hay modo de ponerse seria con un tipo como tú. A ver, aquí está un señorito que ha tenido cuatrocientas novias y dos mil líos gordos, y ahora se ha prendado de mí como el Petrarca de la señora Laura... De mí nada más: privilegio exclusivo, patente del Gobierno.

—Tómalo a guasa... Pues es tan verdad como que ahora te agarro la mano. Yo tuve un millón de devaneos, conformes; pero en ninguno me pasó lo que ahora. ¡Por éstas, que son cruces! Quebraeros de cabesa míos, novias y demás, me las encuentro en la calle y no las conozco. A ti... te dibujaría, si fuese pintor, a oscuras. Tan clavadita te tengo. De aquí a cincuenta años, cayéndote de vieja, te conocería entre mil viejas más. Otras historias las seguí por vanidad, por capricho, por golosina, por terquedad, por matar el tiempo... Me quedaba un rincón aquí, donde no ha puesto el pie nadie, y tenía yo guardá la llave de oro para ti, prenda morena... ¿Qué, lo dudas? Mira, haz un ensayo... Por gusto.

Arrastró a la dama hacia el salón y se recostó en el diván; tomó la mano de Asís y la colocó extendida sobre el lado izquierdo de su chaleco. Asís sintió un leve y acompasado vaivén, como de péndulo de reloj. Pacheco tenía los ojos cerrados.

—Estoy pensando en otras mujeres, chiquilla... Quieta..., atención, observa bien.

—No late nada fuerte —afirmó la señora.

—Déjate un rato así... Pienso en mi última novia, una rubia que tenía un talle de lo más fino que se encuentra en el mundo... ¿Ves qué quietecillo está el pájaro? Ahora... dime tú... ¡si puedes! alguna cosa tierna... Mas que no sea verdá.

Asís discurría una gran terneza y buscaba la inflexión de voz para pronunciarla. Y al fin salió con esta eterna vulgaridad:

—¡Vida mía!

Bajo la palma de la señora, el corazón de Pacheco, como espíritu foleto que obedece a un conjuro, rompió en el más agitado baile que puede ejecutar semejante víscera. Eran saltos de ave azorada que embiste contra los hierros de su cárcel... El meridional entreabrió las azules pupilas; su tez tostada había palidecido algún tanto; con extraña prisa se levantó del sofá y fue derecho al balcón, donde se apoyó como para beber aire y rehacerse de algún trastorno físico y moral. Asís, inquieta, le siguió y le tocó en el brazo.

—Ya ves qué majadero soy... —murmuró él volviéndose.

—Pero ¿te pasa algo?

—Na... —El gaditano se apartó del balcón, y viniendo a sentarse en un puf bajito, y rogando a Asís con la mirada que ocupase el sillón, apoyó la cabeza en el regazo de la dama—. Con sólo dos palabritas que tú me dijistes... Haz favor de no reírte, mona, porque donde me ves tengo mal genio... y puede que soltase un desatino. Desde que me he entontecido por ti, estoy echando peor carácter. Calladita la niní... Deje dormir a su rorro.

Pacheco cruzó el umbral de aquella casa antes de sonar la medianoche. La Diabla no había regresado aún. Cuando el gaditano, según costumbre hasta entonces infructuosa, se volvió desde la esquina de la calle mirando hacia los balcones de Asís, pudo distinguir en ellos un bulto blanco. La señora exponía sus sofocadísimas mejillas al aire fresco de la noche, y la embriaguez de sus sentidos y el embargo de sus potencias empezaban a disiparse. Como náufrago arrojado a la costa, que volviendo en sí toca con placer el cinto de oro que tuvo la precaución de ceñirse al sentir que se hundía el buque, Asís se felicitaba por haber conservado el átomo de razón indispensable para no acceder a cierta súplica insensata.

—¡Buena la hacíamos! Mañana estaban enterados vecinos, servicio, portero, sereno, el diablo y su madre. ¡Ay Dios mío!... ¡Me sigue, me sigue el mareo aquel de la verbena... y lo que es ahora no hay álcali que me lo quite!... ¡Qué mareo ni qué!... Mareo, alcohol, insolación... ¡Pretextos, tonterías!... Lo que pasa es que me gusta, que me va gustando cada día un poco más, que me trastorna con su palabrería..., y punto redondo. Dice que yo le he dado bebedizos y hierbas... Él sí que me va dando a comer sesos de borrico... y nada, que no me desenredo. Cuando se va, reflexiono y caigo en la cuenta; pero en viéndole... acabóse, me perdí.

Llegada a este capítulo, la dama se dedicó a recordar mil pormenores, que reunidos formaban lindo mosaico de gracias y méritos de su adorador. La pasión con que requebraba; el donaire con que pedía; la gentileza de su persona; su buen porte, tan libre de menor conato de gomosería impertinente como de encogimiento provinciano; su rara mezcla de espontaneidad popular y cortesía hidalga; sus rasgos calaverescos y humorísticos, unidos a cierta hermosa tristeza romántica (conjunto, dicho sea de paso, que forma el hechizo peculiar de los polos, soleares y demás canciones andaluzas), eran otros tantos motivos que la dama se alegaba a sí propia para excusar su debilidad y aquella afición avasalladora que sentía apoderarse de su alma. Pero al mismo tiempo, considerando otras cosas, se increpaba ásperamente.

—No darle vueltas: aquí no hay nada superior, ni siquie-

ra bueno: hay un truhán, un vago, un perdis... Todo eso
que me dice de que sólo a mí... Ardides, trapacerías, costumbre de engañar, mañitas de calavera. En volviendo la
esquina... (Pacheco acababa de verificar, hacía pocos minutos, tan sencillo movimiento), ya ni se acuerda de lo que
me declama. Estos andaluces nacen actores... Juicio,
Asís..., juicio. Para estas tercianas, hija mía, píldoras de
camino de hierro... y extracto de Vigo, mañana y tarde,
durante cuatro meses. ¡Bahía de Vigo, cuándo te veré!

El airecillo de la noche, burlándose de la buena señora,
compuso con sus susurros delicados estas palabras:

—Terronsito e asúcar..., gitana salá.

XVII

Muy atareadas estaban la marquesa viuda de Andrade y
su doncella en revisar los mundos, sacos y maletillas, operación necesaria cuando se va a emprender un viaje.
Y mire usted que parece cosa del mismo enemigo. Siempre
en los últimos momentos han de faltar las llaves de los
baúles. Por mucho que uno las coloque en sitio determina-
do, diciendo para sí: «En este cajón se queda la llavecita;
no olvidar que aquí la puse; le ato a un estambre colorado,
para acordarme mejor; no sea que el día de la marcha
salgamos con que se ha oscurecido», viene el instante crítico, la busca uno, y... ¡echarle un galgo! Nada, no apare-
ce: venga el cerrajero, tiznado, sucio, preguntón, insufrible;
haga una nueva, y lléveselo todo la trampa.

Nerviosa y displicente, daba Asís a la Ángela estas quejas. El ajetreo del viaje la ponía de mal humor: ¡son tan
cargantes los preparativos! ¡Qué babel, qué trastorno!
Nunca sabe uno lo que conviene llevar y lo que debe dejar-
se; cree no necesitar ropa de abrigo, porque al fin se viene
encima la canícula, pero ¡fíese usted de aquel clima galle-
go, tan inconstante, tan húmedo, tan lluvioso, que tiene
seis temperaturas diferentísimas en cada veinticuatro ho-

ras! Se quedan aquí las prendas en el ropero, muertas de risa, y allá tirita uno o tiene que envolverse en mantones como las viejas... Luego, las fiestecitas, los bailes dichosos de la Pastora, que obligan a ir provistos de trajes de sociedad, porque si uno se presenta sencillo, de seda cruda, les choca y se ofenden y critican... Nada, que la última hora es para volverse loco. ¿A que no se había acordado Ángela de pasarse por casa de la Armandina, a ver si tiene lista la pamela de la niña y el pajazón? ¿Apostamos a que el impermeable aún está con los mismos botones, que lastiman y en todo se prenden? ¿Y el alcanfor para poner en el abrigo de nutria? ¿Y la pimienta para que no se apolillase el tapiz de la sala?

Atarugada y dando vueltas de aquí para allí, la Diabla contestaba lo mejor posible al chaparrón de advertencias, reconvenciones y preguntas de su señora. La hábil muchacha, después de los primeros pases, conocía una estocada certera para su ama: si los preparativos de viaje andaban algo retrasados, era que la señorita aquel año había dispuesto la marcha un mes antes que de costumbre, por lo menos; también a ella (la Diabla) se le quedaba sin alistar un vestido de percal, y calzado, y varias menudencias; ella creía que hasta mediados de junio, hacia el día de San Antonio... ¿Cómo se le había de ocurrir que se largaban tan de prisa y corriendo? La señora contestaba con reprimido suspiro, callaba dos minutos, y luego, redoblando su gruñir, corría del cuarto ropero al dormitorio, de la leonera o cuarto de los baúles al saloncito, y aún se determinaba a entrar en la cocina y el comedor, para regañar a Imperfecto, que no le había traído a su gusto papel de seda, bramante, puntas de París, algodón en rama... Imperfecto, con la boca abierta y la fisonomía estúpida, subía y bajaba cien veces la escalera haciendo recados: las puntas eran gordas, se precisaban otras más chiquitas; el algodón no convenía blanco, sino gris: era para rellenar huecos en ciertos cajones y que no se estropease lo que iba dentro... En una de estas idas y venidas del criado, la señora cruzaba el pasillo, cuando repicó la campanilla. Impremeditadamente fue a abrir —cosa que no hacía nunca— y se encontró cara a cara con su Diego.

El primer movimiento fue de despecho y contrariedad mal encubierta. ¿Quién contaba con Pacheco a tales horas? (las diez y media de la mañana). No estaba Asís lo que se llama hecha un pingo, con traje roto y zapatos viejos, porque ni en una isla desierta se pondría ella en semejante facha; pero su bata de chiné blanco tenía manchas y visos obscuros, y aun no sé si alguna telaraña, indicio de la lidia con los baúles de la leonera; su peinado, revuelto sin arte, con rabos y mechones, saliendo por aquí y por acullá, parecía obra de peluquería gatuna; y en la superficie del pelo y del rostro se había depositado un sutil viso polvoriento, que la señora percibía vagamente al pestañear y al pasarse la lengua por los labios, y que la impacientaba lo indecible. Y en cambio el galán venía todo soplado, con una camisa y un chaleco como el ampo de la nieve, el ojal guarnecido de fresquísimo clavel, guantes de piel de perro flamantitos, y, en suma, todas las señales de haberse acicalado mucho. En la mano traía el pretexto de la visita madrugadora: dos libros medianamente gruesos.

—Las novelas francesas que le prometí... —dijo en voz alta, después del cambio de saludos, porque la dama le había hecho seña con el mirar de que había moros en la costa—. Si está usted ocupada, me retiro... Si no, entraré diez minutos...

—Con mucho gusto... A la sala; el resto de la casa está imposible... no quiero que se asuste usted del estado en que se encuentra.

Entró Pacheco en la sala; pero por aprisa que Ángela cerrase las puertas de las habitaciones interiores, el gaditano pudo ver baúles abiertos, con las bandejas fuera, ropa desparramada, cajas, sacos...

—¿Está usted de mudanza... o de viaje? —preguntó, quedándose de pie en medio del saloncito, con voz opaca, pero sin emplear tono de reconvención ni de queja.

—No... —tartamudeó Asís—, tanto como de viaje precisamente... no. Es que estoy guardando la ropa de invierno, poniéndole alcanfor... Si uno se descuida, la polilla hace destrozos.

Pacheco se acercó a la dama, y bajando el diapasón, con las inflexiones dolientes y melancólicas que solía adoptar a veces, dijo:

—A mí no se me engaña, te lo repito. Antes de venir sabía que te ibas. Tú no me conoces: tú te has creído que me la puedes dar. Aún no pasaron las ideas por esa cabecita, y ya las he olfateado yo. Siento que gastes conmigo tapujos. Al fin no te valen, hija mía.

La señora, no acertando a responder nada que valiese la pena, bajó los ojos, frunció la boca e hizo un mohín de disgusto.

—No amoscarse. Si no me enfado tampoco. La nena mía es muy dueña de irse a donde quiera. Pero mientras está aquí, ¿por qué me huye? Ayer me dijiste que no podemos vernos, por estar tú convidada a comer...

Movidos por el mismo impulso, Asís y don Diego miraron en derredor. Por puertas, cerradas al través de la que comunicaba con los cuartos interiores, pasaba amortiguado el ruido de ir y venir de la Diabla. Y sin concertarse, a un mismo tiempo se acercaron para cruzar mejor esas explicaciones que el corazón adivina antes de pronunciadas.

—Hazte cargo... Los criados... Es una atrocidad... Yo nunca tuve de estas... vamos... de estas historias... No sé lo que me pasa. Por favor te pido...

—¡Bendita sea tu madre, niña!... Si ya lo sé... ¿Te crees que no me informo yo de los pasos en que anduvo mi reina? Estoy enterao de que nadie consiguió de ti ni esto. Yo el primerito... ¡Ay! Te deshago... Rica, gitana... ¡Cielo!

—¡Chist!... La chica... Si pesca... Es más curiosa...

—Un favor te pido no más. Vente a almorsá conmigo. Que te vienes.

—Estás tocado... Quita... Chist...

—Que te vienes. Palabra, no lo sabrá ni la tierra. Se arreglará..., verás tú.

—Pero ¿cómo? ¿Dónde?

—En el campo. Te vienes, te vienes. ¡Ya pronto te quedas libre de mí!... La despedida. Al reo de muerte se le da, mujer.

¿Cómo cedió y balbució *que sí*, prometiendo, si no por la Estigia, por algún otro juramento formidable? ¡Ah! Aunque la observación ya no resulte nueva, cedió obedeciendo a los dos móviles que, desde la memorable insolación de San Isidro, guiaban, sin que ella misma lo notase, su voluntad: dos resortes que podemos llamar de goma el uno y de acero el otro; el resorte de goma era la debilidad que aplaza, que remite toda gran resolución hasta que la ampare el recurso de la fuga; el resorte de acero, todavía chiquitín, menudo como pieza de reloj, era el sentimiento que así, a la chita callando, aspiraba nada menos que a tomar plenísima posesión de sus dominios, a engranar en la máquina del espíritu, para ser su regulador absoluto y dirigir su marcha con soberano imperio.

Fiado de la palabra solemne de la señora, Pacheco se marchó, pues no convenía, por ningún estilo, que los viesen salir juntos. Asís entró en su cuarto a componerse. La Diabla la miraba con su acostumbrada curiosidad fisgona y aún le disparó tres o cuatro preguntas pérfidas referentes a la interrumpida tarea del equipaje.

—¿Se cierra el mundo? ¿Se clavan los cajones? ¿La señorita quiere que avise a la Central para mañana?

¿Cómo había de responder la señora a interrogaciones tan impertinentes? Claro que con alguna sequedad y no poco enfado secreto. Además, otros incidentes concurrían a exasperarla: por culpa del revoluto del equipaje, ni había cosa con cosa, ni aparecía lo más indispensable de vestir: para dar con unos guantes nuevos tuvo que desbaratar el baúl más chico; para sacar un sombrero, desclavó dos cajones. Más peripecias: la hebilla del zapato inglés, descosida; al abrochar el cuerpo del traje, salta un herrete; al cepillarse los dientes, se rompe el frasco del elixir contra el mármol del lavabo...

—¿Almuerza fuera la señorita? —preguntó la incorregible Diabla.

—Sí... En casa de Inzula.

—¿Ha de venir a buscarla Roque?

—No... Pero le mandas que esté con la señorita allí, a las siete...

—¿De la tarde?

—¿Había de ser de la mañana? ¡Tienes cosas!...

La Diabla sonrió a espaldas de su señora y se bajó para estirarla los volantes del vestido y ahuecarla el polisón. Asís piafaba, pegando taconacitos de impaciencia. ¿El pericón? ¿El gabán gris, por si refresca? ¿Pañuelo? ¿Dónde se habrá metido el velo de tul? Estos pinguitos parecen que se evaporan... Nunca están en ninguna parte... ¡Ah! Por fin... Loado sea Dios...

XVIII

Salvó la escalera como pájaro a quien abren el postigo de su penitenciaría, y con el mismo paso vivo, echó calle abajo hasta Recoletos. La cita era en aquel sitio señalado donde Pacheco había tirado el puro: casi frente a la Cibeles. Asís avanzaba protegida por su antuca, pero bañada y animada por el sol, el sol instigador y cómplice de todo aquel enredo sin antecedentes, sin finalidad y sin excusa. La dama registró con los ojos las arboledas, los jardincillos, la entrada de la Carrera y las perspectivas del Museo, y no vio a nadie. ¿Se habrá cansado Diego de esperar? ¡Capaz sería!... De pronto, a sus espaldas, una voz cuchicheó afanosa:

—Allí... entre aquellos árboles... El simón.

Sin que ella respondiese, el gaditano la guió hacia el destartalado carricoche. Era uno de esos clarens inmundos, con forro de gutapercha resquebrajado y maloliente,

vidrios embazados y conductor medio beodo, que zaran-
dean por Madrid adelante la prisa de los negocios o la
clandestinidad del amor. Asís se metió en él con escrúpulo,
pensando que bien pudiera su galán traerle otro simón
menos derrotado. Pacheco, a fin de no molestarla pasando
a la izquierda, subió por la portezuela contraria, y al subir
arrojó al regazo de la dama un objeto... ¡Qué placer! ¡Un
ramillete de rosas, o mejor dicho un mazo, casi desatado,
mojado aún! El recinto se inundó de frescura.

—¡Huelen tan mal estos condenados coches! —exclamó
el meridional como excusándose de su galantería. Pero
Asís le flechó una ojeada de gratitud. El indecente vehículo
comenzaba a rodar; ya debía de tener órdenes.

—¿Se puede saber adónde vamos, o es un secreto?

—A Las Ventas del Espíritu Santo.

—¡Las Ventas! —clamó Asís alarmada—. Pero ¡si es un
sitio de los más públicos! ¿Vuelta a las andadas? ¿Otro San
Isidro tenemos?

—Es sitio público los domingos; los días sueltos está
bastante solitario. Que te calles. ¿Te iba yo a llevar adonde
te encontrases en un bochorno? Antes de convidarte, chiquilla, me he enterado yo de toas las maneras de almorsá
en Madrid... Se puede almorsá en un buen *restaurant* o en
cafés finos; pero eso es echar un pregón pa que te vean. Se
puede ir a un colmado de los barrios o a una pastelería
decente y escondía, pero no hay cuartos aparte; tendrías
que almorsá en pública subasta, a la vera de alguna chula-
pa o de algún torero. Fondas ya supondrás... No quedaban sino Las Ventas o el puente de Vallecas. Creo que Las
Ventas es más bonito.

¡Bonito! Asís miró el camino en que entraban. Dejándo-
se atrás las frondosidades del Retiro y las construcciones
coquetonas de Recoletos, el coche se metía, lento y remo-
lón, por una comarca la más escuálida, seca y triste que
puede imaginarse, a no ser que la comparemos al cerro de
San Isidro. Era tal la diferencia entre la zona del Retiro y
aquel arrabal de Madrid, y se advertía tan de golpe, que

mejor que transición parecía sorpresa escenográfica. Cual mastín que guarda las puertas del limbo, allí estaba la estatua de Espartero, tan mezquina como el mismo personaje, y la torre mudéjar de una escuela parecía sostener con ella competencia de mal gusto. Luego, en primer término, escombros y solares marcados con empalizadas; y allá en el horizonte, parodia de algún grandioso y feroz anfiteatro romano, la plaza de toros. En aquel rincón semidesierto —a dos pasos del corazón de la vida elegante— se habían refugiado edificios heterogéneos, bien como en ciertas habitaciones de las casas se arrinconan juntas la silla inservible, la máquina de limpiar cuchillos y las colgaduras para el día del Corpus; así, después del circo taurino y la escuela, venía una fábrica de galletas y bizcochos y en pos un barracón con este rótulo: *Acreditado merendero de la Alegría*.

Las lontananzas, una desolación. El fielato parecía viva imagen del estorbo y la importunidad. A su puerta estaba detenido un borrico cargado de liebres y conejos, y un tío de gorra peluda buscaba en su cinto los cuartos de la alcabala. Más adelante, en un descampado amarillento, jugaban a la barra varios de esos salvajes que rodean a la corte lo mismo que los galos a Roma sitiada. Y seguían los edificios fantásticos: un castillo de la Edad Media hecho, al parecer, de cartón y cercado de tapias por donde las francesillas sacaban sus brazos floridos; un parador, tan desmantelado como teológico (dedicado al Espíritu Santo nada menos); un merendero que se honraba con la divisa *Tanto monta*, y por último una franja rojiza, inflamada bajo la reverberación del sol: los hornos de ladrillo. En los términos más remotos que la vista podía alcanzar, erguía el Guadarrama sus picos, coronados de eternas nieves.

Lo que sorprendió gratamente a Asís fue la ausencia total de carruajes de lujo en la carretera. Tenía razón Pacheco, por lo visto. Sólo encontraron un domador que arrastraban dos preciosas tarbesas; un carromato tirado por innumerable serie de mulas; el tranvía, que cruzó muy bullanguero y jacarandoso, con sus bancos atestados de gente; otro simón con tapadillo, de retorno, y un asistente, caballero en el alazán de su amo. ¡Ah! Un entierro de angelito, una caja blanca y azul que, tambaleándose sobre el ridículo catafalco del carro, se dirigía hacia la sacremental sin acompañamiento alguno, inundado de luz solar, como deben de ir los querubines camino del Empíreo...

Poco hablaron durante el trayecto los amantes. Llevaban las manos cogidas; Asís respiraba frecuentemente el manojo de rosas y miraba y remiraba hacia fuera, porque así creía disminuir la gravedad de aquel contrabando, que en su fuero interno —cosa decidida— llamaba el *último*, y por lo mismo le causaba tristeza, sabiéndole a confite que jamás, jamás había de gustar otra vez.

Llegaron al puente, y detúvose el simón ante el pintoresco racimo de merenderos, hotelitos y jardines que constituye la parte nueva de Las Ventas.

—¿Qué sitio prefieres? ¿Nos apeamos aquí? —preguntó Pacheco.

—Aquí... Ese merendero... Tiene trazas de alegre y limpio —indicó la dama, señalando a uno, cuya entrada por el puente era una escalera de palo pintada de verde rabioso.

Sobre el frontis del establecimiento podía leerse este rótulo en letras descomunales imitando las de imprenta y sin gazapos ortográficos: «*Fonda de la Confianza — Vinos y comidas — Aseo y equidad.*» El aspecto era original y curioso. Si no cabía llamar a aquello los jardines aéreos de Babilonia, cuando menos tenían que ser los merenderos colgantes, ¡Ingenioso sistema para aprovechar terrenos! Abajo una serie de jardines, mejor dicho, de plantaciones entecas y marchitas, víctimas de la aridez del suburbio matritente; y encima, sostenidas en armadijos de postes, las salas de baile, los comedores, las alcobas, con pasillos rodeados de una especie de barandas que comunicaban entre sí las viviendas. Todo ello —justo es añadirlo para evitar el descrédito de esta Citerea suspendida— muy enjalbegado, alegre, clarito, flamante, como ropa recién lavada y tendida a secar al sol, como nido de jilguero colgado en rama de arbusto.

Un mozo, frisando en los cincuenta, de mandil pero en mangas de camisa, con cara de mico, muequera, arrugadilla y sardónica, se adelantó apresurado al divisar a la pareja.

—Almorsá —dijo Pacheco lacónicamente.

—¿Dónde desean los señoritos que se les ponga el almuerzo?

El gaditano giró la vista alrededor y luego la convirtió hacia su compañera: ésta había vuelto la cara. Con la agudeza de la gente de su oficio el mozo comprendió y les sacó del apuro.

—Vengan los señoritos... Les daré un sitio bueno.

Y torciendo a la izquierda, guió por una escalera angosta que sombreaba un grupo de acacias y castaños de Indias, llevándoles a una especie de antesala descubierta, que formaba parte de los consabidos corredores aéreos. Abriendo una puertecilla, hízose a un lado y murmuró con unción:

—Pasen, señoritos, pasen.

La dama experimentó mucho bienestar al encontrarse en aquella salita. Era pequeña, recogida, misteriosa, con ventanas muy chicas que cerraban gruesos postigos, y enteramente blanqueada; los muebles vestían también blanquísimas fundas de calicó. La mesa, en el centro, lucía un mantel como el armiño; y lo más amable de tanta blancura era que al través de ella se percibía, se filtraba, por decirlo así, el sol, prestándole un reflejo dorado y quitándole el aspecto sepulcral de las cosas blancas cuando hace frío y hay nubes en el cielo. Mientras salía el mozo, el gaditano miró risueño a la señora.

—Nos han traído al palomar —dijo entre dientes.

Y levantando una cortina nívea que se veía en el fondo de la reducida estancia, descubrió un recinto más chico aún, ocupado por un solo mueble, blanco también, más blanco que una azucena...

—Mira el nido —añadió tomando a Asís de la mano y obligándola a que se asomase—. Gente precavida... Bien se ve que están en todo. No me sorprende que vivan y se sostengan tantos establecimientos de esta índole. Aquí la gente no viene un día del año como a San Isidro; pero digo yo que habrá abonos a turno. ¿Nos abonamos, cacho de gloria?

No sé cómo acentuó Pacheco esta broma, que en rigor, dada la situación, no afrentaba; lo cierto es que la señora sintió una sofoquina... ¡vamos!, una sofoquina de esas que están a dos deditos de la llorera y la congoja. Parecíale que le habían arañado el corazón. La mujer es un péndulo continuo que oscila entre el instinto natural y la aprendida vergüenza, y el varón más delicado no acertará a no lastimar alguna vez su invencible pudor.

XIX

Al colarse en el palomar los dos tórtolos, no lo hicieron sin ser vistos y atentamente examinados por una taifa de gente humilde, que a la puerta de la cocina del merendero fronterizo se dedicaba a aderezar un guisote de carnero, puesto, en monumental cazuela, sobre una hornilla. Es de saber que ambos enseres domésticos los alquilaba el dueño del *restaurant* por módica suma en que iba comprendido también el carbón: en cuanto al carnero y al arroz de añadidura, lo habían traído en sus delantales las muchachas, que por lo que pueda importar, diremos que eran operarias de la Fábrica de Tabacos.

Capitaneaba la tribu una vieja pitillera, morena, lista, alegre, más sabidora que Merlín; y dos niñas de ocho y seis años traveseaban alrededor de la hornilla, empeñadas en que les dejasen cuidar el guisado, para lo cual se reconocían con superiores aptitudes. Toda esta gentuza, al pasar la marquesa viuda de Andrade y su cortejo, se comunicó impresiones con mucho parpadeo y meneo de cabeza, y susurrando a media voz dichos sentenciosos. Hablaban con el seco y recalcado acento de la plebe madrileña, que tiene alguna analogía con lo que pudo ser la parla de Demóstenes, si se le ocurriese escupir a cada frase una de las guijas que llevaba en la boca.

—¡Ay!... Pus van así como asustaos... Ella es guapetona, colorá y blanca.

—Valiente perdía será.

—Se ve caa cosa... Hijas, la mar son estos señorones de rango.

—Puee que sea arguna del Circo. Tié pinta de franchuta.

—Que no, que este es un belén gordo, de gente de calidá. Mujer de algún menistro lo menos. ¿Qué vus pensáis? Pus una conocí yo, casaa con un personaje de los más superfarolíticos... de mucho coche, una casa como el Palacio Rial... y andaba como caa cuala, con su apaño. ¡Qué líos, Virgen!

—Pus, pus muy amartelaos no van.

—¿Te quies callar? Ya samartelarán dentro. Verás tú las ventanas y las puertas atrancás, como en los pantiones... Pa que el sol no los queme el cutis.

Desmintiendo las profecías de la experta matrona, los postigos y vidrieras del palomar se abrieron, y asomó la cabeza de la dama, sin sombrero ya, mirando atentamente hacia el merendero.

—Miala, miala..., la gusta el baile.

En efecto, el corredor aéreo de enfrente ofrecía curiosa escena coreográfica. Un piano mecánico soltaba, con la regularidad que hace tan odiosos a estos instrumentos, el duro chorro de sus martilleadoras tocatas: *Cádiz* hacía el gasto: pasodoble de *Cádiz*, tango de *Cádiz*, coro de majas de *Cádiz*... y hasta una veintena de cigarreras, de chiquillas, de fregonas muy repeinadas y con ropa de domingo, saltaba y brincaba al compás de la música, haciendo a cada zapateta temblar el merendero... Asís veía pasar y repasar las caras sofocadas, las toquillas azul y rosa; y aquel brincoteo, aquel tripudio suspendido en el aire, sin hombres, sin fiesta que lo justificara, parecía efecto teatral, coro de zarzuela bufa. Asís se imaginó que las muchachas cobraban de los fondistas algún sueldo por animar el cuadro.

—¡Calla! —secreteó minutos después el grupo dedicado a vigilar la cazuela del guisote—. ¡Pus si también han abierto la puerta! Chicas..., quien que se entere too el mundo.

—Estas tunantas ponen carteles.

El mozo subía y bajaba, atareado.

—Mia lo que los llevan. Tortilla... Jamón... Están abriendo latas de perdices... ¡Aire!

—No se las cambio por mi rico carnero. A gloria huele.

—¡Chist! —mandó el mozo imponiéndose a aquellas cotorras—. Cuidadito... Si oyen... son gente... ¡uf!

Al expresar la calidad de los huéspedes, el mozo hizo una mueca indescriptible, mezcla de truhanería y respeto profundo a la propina que ya olfateaba. La vieja cigarrera, de repente, adoptó cierta diplomática gravedad.

—Y pué que sean gente tan honrá como Dios Padre. No sé pa qué ha de condenar una su arma echando malos pensamientos. Serán argunos novios recién casaos, u dos hermanos, u tío y sobrina. Vayasté a saber. Oigasté, mozo...

Se apartó y secreteó con el mozo un ratito. De esta conferencia salió un proyecto habilísimo, madurado en breves minutos en el ardiente y optimista magín de la señá Donata, que así se llamaba la pitillera, si no mienten las crónicas. Arriba, dama y galán empezaban a despachar los apetitosos entremeses, las incitantes aceitunas y las sardinillas con su ajustada túnica de plata. Aunque Pacheco había pedido vinos de lo mejor, la dama rehusaba hasta probar el *Tío Pepe* y el amontillado, porque con sólo ver las botellas, le parecía ya hallarse en la cámara de un transatlántico, en los angustiosos minutos que preceden al mareo total. Como la señora exigía que puertas y ventanas permaneciesen abiertas, el almuerzo no revelaba más que *waning → southern*

la cordialidad propia de una luna de miel ya próxima a su cuarto menguante. Pacheco había perdido por completo su labia meridional, y manifestaba un abatimiento que, al quedar mediada la botella de *Tío Pepe* se convirtió en la tristeza humorística tan frecuente en él.

—¿Te aburres? —preguntaba la dama a cada vuelta del mozo.

—Ajogo las peniyas, gitana —respondía el meridional apurando otro vaso de jerez, más auténtico que la famosa manzanilla del Santo.

Acababa el mozo de dejar sobre la mesa las perdices en escabeche, cuando en el marco de la puerta asomó una carita infantil, colorada, regordeta, boquiabierta, guarnecida de un matorral de rizos negrísimos. ¡Qué monada de chiquilla! Y estaba allí hecha un pasmarote, si entro si no entro. Asís la hizo seña con la mano; el pájaro se coló en el nido sin esperar a que se lo dijesen dos veces. Y las preguntas y los halagos de cajón: —Eres muy guapa... ¿Cómo te llamas? ¿Vas a la escuela?... Toma pasas... Cómete esta aceitunita por mí... Prueba el jerez... ¡Huy qué gesto más salado le pone al vino!... Arriba con él... ¡Borrachilla! ¿Dónde está mamá? ¿En qué trabaja tu padre?

De respuesta, ni sombra. El pajarito abría dos ojos como dos espuertas, bajaba la cabeza adelantando la frente como hacen los niños cuando tienen cortedad y al par se encuentran mimados, picaba golosinas y daba con el talón del pie izquierdo en el empeine del derecho. A los tres minutos de haberse colado el primer gorrión migajero en el palomar, apareció otro. El primero representaba cinco años; el segundo, más formal pero no menos asustadizo, tendría ya ocho lo menos.

—¡Hola! Ahí viene la hermanita... —dijo Asís—. Y se parecen como dos gotas... La pequeña es más saladilla..., pero vaya con los ojos de la mayor... Señorita, pase usted. Ésta nos enterará de cómo se llama su padre, porque a la chiquilla le comieron la lengua los ratones.

Permanecía la mayor incrustada en la puerta, seria y

recelosa, como aquel que antes de lanzarse a alguna empresa erizada de dificultades, vacila y teme. Sus ojazos, que eran realmente árabes por el tamaño, el fuego y la precoz gravedad, iban de Asís a Diego y a su hermanita: la chiquilla meditaba, se recogía, buscaba una fórmula, y no daba con ella, porque había en su corazón cierta salvaje repugnancia a pedir favores, y en su carácter una indómita fiereza muy en armonía con sus pupilas africanas. Y como se prolongase la vacilación, acudióle un refuerzo, en figura de la señá Donata, que con solicitud y el enojo peor fingidos del mundo, se entró muy resuelta en el gabinete refunfuñando:

—¡Eh!, niñas, corderas, largo, que estáis dando la gran jaqueca a estos señores... A ver si sus salís afuera, u si no...

—No molestan... —declaró Asís—. Son más formalitas... A ésa no hay quien la haga pasar, y la chiquilla ni abre la boca.

—Pa comer ya la abren las tunantas...

Pacheco se levantó cortésmente y ofreció silla a la vieja. El gaditano, que entre gente de su misma esfera social pecaba de ser reservado y aun de altanero, se volvía sumamente campechano al acercarse al pueblo.

—Tome usted asiento... Se va usted a bebé una copita de jerés a la salud de toos.

¡Oídos que tal oyeron! ¡Señá Donata, fuera temor, al ataque, ya que te presentan la brecha franca y expedito el rumbo! Y tan expedito, que Pacheco, desde que la vieja sentó allí el pie, pareció sacudir sus penosas cavilaciones y recobrar su cháchara, diciendo los mayores desatinos del mundo. Como que se puso muy formal a solicitar a la honrada matrona, proponiéndola un paseíto a solas por los tejares. Oía la muy lagarta de la vieja, y celebraba con carcajadas pueriles, luciendo una dentadura sana y sin mella; pero al replicar, iba encajando mañosamente aquella misión diplomática que bullía en su mente fecunda desde media hora antes. Tratábase de que ella, ¿se hacen ustés cargo?, trabajaba en la Fábrica de Madrí... y tenía cuatro nietecitas, de una hija que se murió de la tifusidea, y el padre de gomitar sangre, así, a golpás..., en dos meses se lo llevó la tierra, ¡señores!, que si se cuenta, mentira parece. Las dos nietecitas mayores, colocaas ya en los talleres; pero si la suerte la deparase una presona de suposición pa meter un empeño..., porque en este pícaro mundo, ya es sabío, too va por las amistaes y las enfluencias de unos y otros...

Llegada a este punto, la voz de la señá Donata adquiría inflexiones patéticas. —«¡Ay Virgen de la Paloma! No premita el Señor que ustés sepan lo que es comer y vestir y calzar cinco enfelices mujeres con tristes ocho u nueve riales ganaos a trompicones... Si la señorita, que tenía cara de ser tan complaciente y tan cabal, conociese por casualidad al Menistro... o al Menistraor de la Frábica..., o al Contaor..., o algún presonaje de estos que too lo regüerven..., para que la chiquilla mayor, Lolilla, entrase de aprendiza también... ¡Sería una caridá de las grandes, de las mayores! Dos letricas, en un cacho de papel...»

Pacheco respondía a la arenga con mucha guasa, sacando la cartera, apuntando las señas de la pitillera detenidamente, y asegurándola que hablaría al presidente del Consejo, a la infanta Isabel (íntima amiga suya), al Obispo, al Nuncio... Enredados se hallaban en esta broma, cuando tras la abuela pedigüeña y las nietecillas mudas, se metieron en el gabinete las dos chicas mayores.

—Miren mis otras huerfanitas enfelices— indicó la señá Donata.

Imposible imaginarse cosa más distinta de la clásica orfandad enlutada y extenuada que representan pintores y dibujantes al cultivar el sentimentalismo artístico. Dos mozallonas frescas, sudorosas porque acaban de bailar, echando alegría y salud a los carrillos y a los labios; para más alborotadas y retozonas dándose codazos y pellizcándose para hacerse reír mutuamente. Viendo a semejantes ninfas, Pacheco abandonó a la señá Donata, y con el mayor rendimiento se consagró a ellas, encandilado y camelador como hijo legítimo de Andalucía. Todas las penas *ajogadas* por el *Tío Pepe* se fueron a paseo, y el gaditano, entornando los ojos, derramando sales por la boca y ceceando como nunca, aseguró a aquellas principesas del Virginia que desde el punto y hora en que habían entrado, no tenía él sosiego ni más gusto que comérselas con los ojos.

—¿Vienen ustés de bailar? —les preguntó risueño.

—Pus ya se ve —contestaron ellas con chulesco desgarro.

—¿Sin hombres? ¿Sin pareja?

—Ni mardita la falta.

—Pan con pan... Eso es más soso que una calabasa, prendas. Si me hubiesen ustés llamao...

—¿Qué iba usté a venir? Somo poca cosa pa usté.

—¿Poca cosa? Son ustés... dos peasitos de tersiopelo de que está forráa la bóveda seleste. ¡Ea! ¿echamos o no ese baile? Ahora me empeñé yo... ¡A bailar!

Salió como una exhalación; dio la vuelta al pasillo aéreo; cruzó el puente que a los dos merenderos unía, y en breve, al compás del horrible piano mecánico, Pacheco bailaba ágilmente con las cigarreras.

XX

Entre las condiciones de carácter de la marquesa viuda de Andrade, y de los gallegos en general, se cuenta cierto don de encerrar bajo llave toda impresión fuerte. Esto se llama *guardarse* las cosas, y si tiene la ventaja de evitar choques, tiene la desventaja de que esas impresiones archivadas y ocultas se pudren dentro. Cuando el andaluz regresó después de haber pegado cuatro saltos, enjugándose la frente con su pañuelo, y abanicándose con el hongo, halló a la señora aparentemente tranquila y afable, ocupada en obsequiar con queso, bizcochos y pasas a las dos gorrioncillas, y muy atenta a la charla de la vejezuela, que refería por tercera vez las *golpás* de sangre, causa de la defunción de su yerno. Pero el camarero, que era más fino que el oro y más largo que la cuaresma, se dio cuenta con rápida intuición de que *aquello* no iba por el camino natural de almuerzos semejantes, y adoptando el aire imponente de un bedel que despeja una cátedra, intimó a toda la bandada la orden de expulsión.

—¡Ea!, bastante han molesto ustedes a los señores. Me parece regular que se larguen.

—Oigasté... ¡El tío este! Si yo he entrao aquí, fue porque los señores me lo permitieron, ¿estamos? Yo soy así, muy franca de mi natural..., y me arrimo adonde veo naturalidá y señoritos llanos y buenos mozos sin despreciar a nadie.

—¡Olé las mujeres principales! —contestó con la mayor formalidad Pacheco, pagando el requiebro de la señá Donata. La cual no soltó el sitio hasta que don Diego y la señora prometieron unánimes acordarse de su empeño y procurar que Lolilla entrase en los talleres. Las gorrionas se dejaron besar y se llevaron las manos atestadas de postres, pero ni con tenazas se les pudo sacar palabra alguna. No piaron hasta que fueron a posarse en el salón de baile.

El camarero también salió anunciando que «dentro de un ratito» traería café y licores. Al marcharse encajó bien la puerta, e inmediatamente los ojos de Pacheco buscaron los de su amiga. La vio de pie, mirando a las paredes. ¿Qué quería la niña? ¿Eh?

—Un espejo.

—¿Pa qué? Aquí no hay. Los que vienen aquí no se miran a sí mismos. ¿Espejo? Mírate en mí. Pero ¿cómo? ¿Vas a ponerte el sombrero, chiquilla? ¿Qué te pasa?

—Es por ganar tiempo... Al fin, en tomando el café hemos de irnos...

El meridional se acercó a Asís, y la contempló cara a cara, largo rato... La señora esquivaba el examen, poniendo, por decirlo así, sordina a sus ojos y un velo impalpable de serenidad a sus facciones. La tomó Pacheco la cintura, y sentándose en el sofá la atrajo hacia sí. Hablaba y reía y la acariciaba tiernamente.

—¡Ay, ay, ay!... ¿Ésas tenemos? Mi niña está celosa. ¡Celosita, celosita! ¡Celosita de mí la reina del mundo!

Asís se enderezó en el sofá, rechazando a Pacheco.

—Tienes la necedad de que todo lo conviertes en sustancia. La vanidad te parte, hijo mío. Yo no estoy celosa, y si me apuras, te diré...

—¿Qué? ¿Qué me dirás? —prorrumpió Pacheco algo inmutado y descolorido.

—Que... es algo imposible eso de estar celoso, cuando...

—¡Ah! —interrumpió el meridional, más que pálido, lívido, con voz que salía a *golpás*, según diría la señá Donata. —No necesitas ponerlo más claro... Enterado, mujer, enterado: si yo adivino antes que hables. Pa miserables tres horas o cuatro que nos faltan de estar juntos, y probablemente serán las últimas que nos hemos de ver en este mundo perro, ya pudiste callarte y procurar engañarme como hasta aquí... Poco favor te haces, si viniste aquí no queriéndome algo. Tú te habrás creído que yo me tragaba... ¡Y me llamas necio! Yo seré un vago, un hombre que no sirve para ná, un tronera, un perdido, lo que gustes; pero ¡necio! Necio yo... ¡y en cuestiones de faldas! ¡Mire usted que es grande! Pero, ¿qué importa? Llámame lo que quieras... y óyeme sólo esto, que te voy a decir una verdá que ni tú la sabes, niña. No me has querío hasta hoy, corriente... Hoy, mas que digas por tema lo que te dé la gana, me quieres, me requieres, estás enamorada de mí... Poquito a poco te ha ido entrando... y así que yo te falte, se te va a acabar el mundo. Esta es la fija... Ya lo verás, ya lo verás. Y por amor propio y por soberbia sales con la pata e gallo... ¡Te desdeñas de tener celos de mí! Bien hecho... Así como así no hay de qué. Boba serías si tuvieses celos. Algún ratito ha de pasar antes de que yo me pierda por otras mujeres... ¡Maldita sea hasta la hora en que te vi!... Dispensa, ¡dispensa! No quiero ofenderte, ¿sabes?, ahora ni nunca. No sé lo que me digo... Pero digo verdad.

Soltaba esta andanada paseando por el pequeño recinto, como las fieras en sus jaulas de hierro; unas veces sepultaba las manos en los bolsillos del pantalón, y otras las desenfundaba para accionar con violencia. Su rostro, descompuesto por la cólera, perdiendo su expresión indolente, mejoraba infinito: se acentuaban sus enjutas facciones, temblaba el bigote dorado, resplandecían los blancos dientes, y los azules ojos se oscurecían como el agua del Mediterráneo cuando amaga tempestad. El piso retemblaba bajo sus pasos; diríase que el aéreo nido iba a saltar hecho trizas. Aquella tormenta de verano, aquella cólera meridional, no cabía en el cuartuco.

Al encajar la puerta el mozo, los amantes se habían olvidado de que el nido tenía otro boquete, la ventana, abierta por Asís y dejada en la misma situación durante todo el almuerzo. Y la ventana justamente miraba al salón de baile, ocupado por parte de la bandada de gorrionas, entretenidísimas a la sazón en atisbar la riña amorosa, mientras abajo Lolilla se consagraba al carnero y al arroz.

—Anda..., ella está de morros con él... Está amoscá.

—Porque bailó con nusotras... Me lo malicié, hijas.

—¡Jesús! Pus no se ha resquemao poco... ¡Qué gesto!

—¡Ay! ¡Miales! Él la está haciendo cucamonas pa que se le pase... ¡Olé!... Hombre, no nos ponga usté el gorro... Siquiera pa repichonear podían tener la ventana cerrá.

—¿Quién os manda mirar?

—Pa eso tiene una los ojos... ¡Calle!... Pues ella, en sus trece... Que nones... Las orejas le calienta ahora.

—¡Virgen! ¿Qué cosa la habrá dicho, pa que él se enfade así? Mueve los brazos que paecen aspas de molino... ¿A que le pega?

—¿Qué la e pegar, mujer, qué la e pegar? Eso a las pobres. A estas pindongas de señoras, los hombres les rinden el pabellón. Y eso que cualisquiera de nosotros les pue vender honradez y dicencia. Digo, me paece...

—No, pus enfadao ya está.

—¿Va que acaba pidiendo perdón como los chiquillos? ¿No le ije? Miale... más manso que un cordero... Ella na,

espetá, secatona..., vuelta a la manía de ponerse el abrigo...
Se quie largar... ¡Madre e Dios, lo que saben estas tunantas! Me lo maneja como a un fantoche... ¡Qué compungío
que está!... ¿A que se pone de rodillas, pa que le echen la
solución? ¡Ay, qué mujer, paece la leona del Retiro! Empe-
ñá en que me voy... Y se sale con la suya... Miá... ¡Se
largan!

La turba se precipitó por la escalera del merendero.
Verdad: Asís se largaba, se largaba. Salía tranquilamente,
sin prisa ni enojo; hasta sonrió a Lolilla, que armada del
soplador de mimbres avivaba el fuego. Con voz severa
explicó al mozo, atónito de semejante deserción, que se les
hacía tarde, que no podían aguardar ni un minuto más;
que avisase al cochero, el cual probablemente estaría con
el simón por allí, en alguna sombra. Mientras Pacheco,
demudado, con pulso trémulo, buscaba en el portamone-
das un billete, Asís trazaba en el piso rayas con la sombrilla, hasta dibujar una celosía complicada y menuda. Al
terminarla extendió la mano; cogió una ramita florida de
la acacia que sombreaba el merendero y se la sujetó en el
pecho con el imperdible. Acercóse obsequiosa la señá Donata, ofreciendo a sus huérfanas, sus nietecitas, «pa juntar
un ramo de cacias y de mapolas, si a la señorita le gus-
tan...». Dio Asís las gracias rehusando, porque se marcha-
ba acto continuo, y acercándose disimuladamente a la vieja le deslizó algo en la mano, recia y curtida cual la piel de
arenque. Acercóse el simón; sin duda el cochero se había
atizado un par de tragos, porque su nariz echaba lumbre,
reluciendo al sol como la película roja que viste a los
pimientos riojanos. La señora tomó por la escalerilla que
bajaba desde el puente; Pacheco la siguió.

—En el coche harán las paces —piaron las gorrionas
mayores—. ¿A que sí?

—La fija. En entrando...

Grande fue el asombro de aquellas aves, más parleras
que canoras, viendo que, tras un corto debate al pie de la
portezuela, la señora tendió la mano a Pacheco, éste llevó

la suya al sombrero saludando, y el simón arrancó a paso de tortuga bamboleándose sobre la polvorosa carretera.

—Pus ella vence... Me lo deja plantadito.

—¿A que él se nos vuelve aquí? —indicó la gorriona primogénita, alisando con la palma las grandes peteneras de su peinado, untadas de bandolina.

No volvió el muy... Ni siquiera torció la cabeza para hacerlas un saludo o enviarlas una sonrisa de despedida. ¡Fantasioso! Estuvo pendiente del simón mientras éste no traspuso los hornos del ladrillo; luego, cabizbajo, echó a andar a pie.

XXI

La buena fe, que debe servir de norma a los historiadores, así de hechos memorables como de sucesos ínfimos, obliga a declarar que la marquesa viuda de Andrade se dedicó asiduamente —desde las dos de la tarde, hora en que llegó a su casa, hasta cerca de las nueve de la noche— a la faena del arreglo definitivo de su equipaje, resolviendo la marcha para el siguiente día, sin prórroga. El trajín fue gordo y aumentó sus fatigas el desasosiego moral de la señora. Anduvo hecha un zarandillo; removió hasta el último trasto de la casa; mareó a la Diabla; aturrulló a los demás criados; y al agitarse así la impulsaban sus nervios, tirantes como cuerdas de guitarra, al par que sentía una especie de punzada continua en el corazón, un calor extraño en el epigastrio, un saborete amargo en la boca. Después de haber comido —por fórmula y sin ganas— pidióle Ángela licencia, ya que era el último día, para decir adiós a su hermana. La negó en un arranque de cólera; la otorgó dos minutos después. Y así que la chica batió la puerta, la señora, rendida de cuerpo, más encapotada que nunca de espíritu, se retiró a su dormitorio... Tenía que poner el S. D. a un sinnúmero de tarjetas; pero ¡estaba tan molida!, ¡de humor tan perro! Además, la punzadita aquella del corazón se iba convirtiendo en dolor fijo, intolerable... ¿Se aplacaría un poco recostándose en la cama? A ver...

Cerró los ojos, mascando unas hieles que tenía entre la lengua y el paladar. ¿A qué venían las hieles dichosas? Ella había obrado bien, mostrándose digna y entera. En realidad, ningún desenlace mejor para la historia. De un modo o de otro ello iba a acabarse; era inevitable, inminente; mejor que se acabase así... Porque si aquella última entrevista fuese muy tierna, ¡qué tristeza y qué!... Nada; mejor así, mejor cien veces. Ella había tenido razón sobrada: una cosa son los celos, otra el amor propio y el decoro, de que nunca está bien prescindir. Y a quién se le ocurre, allí, en su propia cara, ponerse a bailar con... Veía el salón de baile aéreo, el brincoteo de las gorrionas, los incidentes del almuerzo... y las hieles se volvían más amarguitas aún. Cierto que ella fue quien abrió puertas y ventanas; de todos modos, el proceder de Pacheco... Sí..., buen tipo estaba Pacheco. En viendo una escoba con faldas... ¡Ay, infeliz de la mujer que se fiase de sus exageraciones y sus locuras! ¡Requebrar a las cigarreras así, delante de...! ¡Y qué fatuo! ¡Pues, no había querido convencerla de que estaba enamorada de él! ¿Enamorada? No, no señor, gracias a Dios... Conservaría, sí, un recuerdo...; un recuerdo de esos que... Allí tenía, en el medallón de oro, junto al pelo de Maruja, una florecita de la acacia blanca... ¡Qué tontera! Lo probable es que a Pacheco no volviese a verle nunca más... Y esta punzada del corazón, ¿qué será? Será enfermedad, o... Parece que lo aprieta un aro de hierro... ¡Jesús, qué cavilaciones más insensatas!

Bregando con la imaginación y la memoria, se quedó traspuesta. No era dormir profundo sino una especie de sonambulismo, en que las percepciones de la vida exterior se amalgamaban con el delirio de la fantasía. No era la pesadilla que causa la ocupación de estómago, en que tan pronto caemos de altísima torre como volamos por dilatadas zonas celestes, ni menos el ensueño provocado por la acción del calor del lecho sobre los lóbulos cerebrales, donde, sin permiso de la honrada voluntad, se representaban imágenes repulsivas... Lo que veía Asís adormecida o mal despierta, puede explicarse en la forma siguiente, aunque en realidad fuese harto más vago y borroso.

Encontrábase ya en el vagón, con la Diabla enfrente, la maletita y el lío de mantas en la rejilla, el velo de gasa inglesa bien ceñido sobre la toca de paja, calzados los guantes de camino, abrochado hasta el cuello el guardapolvos. El tren adelantaba, unas veces bufando y pitando, otras con perezoso cuneo, al través de las eternas estepas amarillas, caldeadas por un sol de trópico. ¡Oh Castilla la fea, la árida, la polvorosa, la de monótonos aspectos, la de escuetas lontananzas! ¡Oh sombría mole, región desconsolada del Escorial, qué felicidad perderte de vista! ¡Oh calor, calor del infierno, cuándo acabarás! Asís sentía que el sol, al través de las cortinas corridas que teñían con viso azul el departamento, se le empapaba en los sesos como el agua en una esponja, y que en sus venas la sangre se volvía alquitrán, y la punta de cada filete nervioso una aguja candente, y que los ojos se le salían de las órbitas, igual que a los gatos cuando los escaldan... El polvillo de carbón, unido al de los páramos castellanos, entraba en remolinos o en ráfagas violentas, cegando, desvaneciendo, asfixiando. No valía manejar desesperadamente el abanico: como toda la atmósfera era polvo, polvo levantaba al agitar el aire, y polvo absorbían los sedientos pulmones. —¡Agua! ¡Agua! ¡Agua por Dios! Ángela, va una botella llena ahí en el cesto...—. Revolvía la Diabla el fondo de la canastilla..., nada: sin duda el agua se había olvidado. ¡Ah!, una botella... El vaso plano... Asís bebía. ¡No es agua, no es agua! Es manzanilla, jerez, brasa líquida, esas ponzoñas que roban el juicio a las gentes... Venga un río, un río de mi tierra, para agotarlo de un sorbo... Mientras la señora gemía, el inmenso foco del sol ardía más implacable, como si estuviesen echándole carbón, convertidos en fogoneros, los arcángeles y los serafines. Y así atravesaban la pedregosa tierra de Ávila, con sus escuadrones de enormes cantos,

y las llanuras de Palencia, y los severos desiertos de León,
y la vieja comarca de la Maragatería. ¡Que me abraso!...
¡Que me abraso!... ¡Que me muero!... ¡Socorro!...

¡Aah! ¿Qué ocurre? Salimos del país llano... ¡Montes
queridos! Cada túnel es una inmersión en la noche, un
baño en un pozo; al volver a la claridad, montañas y más
montañas, revestidas de frondosos castañares, y por cuyas
laderas..., ¡oh deleite!, se despeñan saltando manantiales,
cascaditas, riachuelos, mientras allá abajo, caudaloso y
profundo, corre el Sil... Las mismas rocas sudan humedad;
de la bóveda de los túneles rezuman gotas gordas, el suelo
se encharca. Al principio, Asís revive como el pez restitui-
do a su elemento: su corazón se dilata, cálmase el hervor
de su sangre, se aplaca la horrible sed. Pero los riachuelos
van engrosando; los túneles menudean lóbregos, pantanosos; al término se divisa un cielo color de panza de burro,
muy bajo, en el cual se acumulan nubes preñadas de agua,
que al fin, abriendo su seno, dejan caer, primero en delga-
dos hilos, luego en cerrada cortina, la lluvia, la eterna
lluvia del Noroeste, plomo derretido y glacial, que solloza
escurriendo por los vidrios. Y aquella lluvia, Asís la siente
sobre el corazón, que se lo infiltra, que se lo reblandece,
que se lo ensopa, hasta no poder admitir más líquido,
hasta que, anegado de tristeza, el corazón empieza también a chorrear agua, primero gota a gota, luego a borbotones, con fúnebre ruido de botella que se vacía...

está llorando

Pan, pan. Dos golpes en la puerta de la alcoba...
—¡Jesús!... ¿Quién? Pero ¿dormía o soñaba o qué es esto?
—Y la señora palpaba la almohada—. Húmeda, sí... Los
ojos... También los ojos... ¡Lágrimas! ¿Quién está?...
¿Quién?

—Yo, amiga Asís... Gabriel Pardo... ¿He venido a mo-
lestar? Por Dios, siga usted con sus preparativos... Me he
encontrado a la chica; me dijo que mañana sin falta salía

usted para nuestra tierra... Cuánto sentiré incomodarla... Me retiro, me retiro.

—Por Dios... De ningún modo... Tome usted asiento... Salgo en seguida... Estaba lavándome las manos.

Y en efecto, se oía ruido de chapuzón, de lavaroteo. Pero nos consta que lo que lavaba la señora eran los párpados. Luego se dio polvos, se compuso el pelo, se arregló los encajes de la gola. Apareció muy presentable. Pardo había tomado un periódico, creo que *La Época*, y leía distraído, sin entender: «La dispersión veraniega ha comenzado. Parten hoy para Biarritz, en el expreso, el duque de Albares, las lindas señoritas de Amézaga...»

Apenas habrían tenido tiempo los dos paisanos para trocar unas cuantas frases de excusa, cuando se oyó sonar la campanilla y en el corredor retumbaron pasos fuertes, varoniles. De sofocada, la señora se volvió pálida: una sonrisa involuntaria y una luz vivísima cruzaron por sus labios y sus ojos. Pacheco entró, y al verle el comandante Pardo, reprimió el impulso de pegarse un cachete en el hueso frontal.

«¡Ya pareció aquello! ¡Se despejó la incógnita! ¡Y decir que no hará dos semanas que se conocieron en casa de Sahagún!... ¡Mujeres!»

El gaditano —lo mismo que si se propusiese evidenciar lo que Pardo adivinaba—, apenas se hubo sentado, sacó del bolsillo un tarjetero de piel inglesa, con monograma de plata, y se lo entregó a Asís, murmurando cortésmente:

—Marquesa..., las señas que usted me pidió que le trajese. Las señas de la pitillera... ¿no recuerda usted? Puede usted copiarlas, o quedarse con el tarjetero, si gusta... Viéndolo, se acuerda usted más del empeñillo.

¡Ay! Asís trasudaba. Era para volarse. ¡Vaya un pretexto que daba a su visita nocturna el bueno del gaditano! Si lo quería más claro don Gabriel...

Miró al comandante, que se hacía el sueco, tratando de no ver el tarjetero dichoso. No hay posición más desairada

que la del tercero en concordia, y don Gabriel, notando la
ojeada expresiva que trocaron Pacheco y Asís, creía estar
sentado sobre brasas, tanto le apretaban las ganas de qui-
tarse de en medio. Pero convenía hacerlo con habilidad y
educación. Un cuarto de hora tardó en preparar la retirada
honrosa, echándole el muerto al Círculo Militar, donde
aquella noche había una conferencia muy notable. Los
círculos, ateneos y clubes serán siempre instituciones bené-
ficas, por lo que se prestan a encubrir toda escapatoria
masculina, así la del que va en busca de la propia felicidad,
como la del que evita el espectáculo de la ajena, verbigracia Pardo.

Retrasó el paso al llegar a la esquina de la calle y se puso
a reflexionar acerca del impensado descubrimiento. Raro
es que el amigo de una dama, en caso semejante, no desa-
pruebe la elección. «¡Cómo escogen las mujeres! En dándoles el puntapié el demonio... Indulgencia, Gabriel; no
hay mujeres, hay humanidad, y la humanidad es *así*... Esta
desazón, además, se parece un poquito a la envidia y al
des... No, hijo, eso sí que no: despechado no estás: lo que
pasa es que ves claro, mientras tu pobre amiga se ha quedado ciega... ¡Cómo se transformó su fisonomía al entrar
el individuo! La verdad; no la creí capaz de echarse un
amante... y menos ése. O mucho me equivoco o le ha caído
que hacer a la infeliz. Ese andaluz es uno de los tipos que
mejor patentizan la decadencia de la raza española. ¡Qué
provincias las del Mediodía, señor Dios de los ejércitos!
¡Qué hombre el tal Pachequito! Perezoso, ignorante, sensual, sin energía ni vigor, juguete de las pasiones, incapaz
de trabajar y de servir a su patria, mujeriego, pendenciero,
escéptico a fuerza de indolencia y egoísmo, inútil para
fundar una familia, célula ociosa en el organismo social...
¡Hay tantos así! Y sin embargo, a veces medran, con una
apariencia de talento y la viveza propia del meridional;
no tienen fondo, no tienen seriedad, no tienen palabra, no
tienen fe, son malos padres, esposos traidores, ciudadanos
zánganos, y los ve usted encumbrarse y hacer carrera... Así

anda ello. Y a las mujeres... ¡qué diablo! estos hombres les caen en gracia... ¡Eh!, dejémonos de clichés... Asís, que es de otra raza muy distinta, necesita formalidad y constancia; la compadezco... Bueno es que no se casará; no, casarse no lo creo posible. De esa manera no se hacen maridos. Como aventura, tendrá sus encantos... ¡Qué casualidad! Y dirán que no hay coincidencias... ¡Tarjetero, tarjetero!...»

Así meditaba el comandante. ¿Era injusto o sagaz? ¿Obedecía a su costumbre de analizarlo todo, o a una puntita de berrinche? Se caló los lentes y se retorció la barba. ¿Adónde iría?

«Al Círculo Militar, ya que me sirvió de pretexto para escurrir el bulto. ¡Poco gusto que les habrá dado cuando yo tomé la puerta!...»

Tras esta ingrata reflexión apretó a andar. La oscuridad de la noche le exaltaba, y ese enlazado grupo, que ve con la fantasía todo el que sale huyendo de hacer mala obra a dos enamorados, se empeñaba en flotar, vaporoso e irónico, ante don Gabriel. Fortuna que este género de visiones no suele resistir a los efectos anodinos de una conferencia sobre «Ventajas e inconvenientes del escalafón en los cuerpos facultativos».

XXII

EPÍLOGO

No entremos en el saloncito de Asís mientras dure el tiroteo de explicaciones (¡cosa más empalagosa!) sino cuando la pareja liba la primera miel de las paces (empalagosísima también, pero paciencia). Ni Pacheco pregunta ya nada acerca de don Gabriel Pardo y su amistad, ni Asís se acuerda del baile en el merendero. El gaditano habla al oído de la señora.

—Pero ¿tú te creíste que yo no sabía que mañana te vas?

A Diego Pacheco no se la ha pegado ninguna hembra...
¡Niña boba! Esta mañana ya habías dispuesto la marcha,
claro que sí, y si te viniste a almorsá conmigo, fue que te
di un poquillo de lástima... Decías tú allá en tus adentros:
sólo faltan horas; vamos a complacer a éste, que tiempo
habrá de que estalle la bomba y dejarlo plantao... ¡Y ahora
también piensas en cosas así, muy tristes; en que ya no nos
vemos, en que se acaba el cariñito y las fatigas y el verme
y el hablarme!... ¡Ay, chiquilla! Me quieres tú mucho más
de lo que te figuras. No te has tomado el trabajo de echar
la sonda ahí en ese pechito... ¡Tonta! ¡Cómo te acordarás
de estos ratos, allá en tu país, entre aquella gente sosaina!
Aquí se queda un hombre que te quería también un poqui-
tillo... ¡Pobrecita, la nena!

No estaban los amantes abrazados, ni siquiera muy junto, pues Pacheco ocupaba el sillón, y el diván Asís. Sólo
sus manos, encendidas por la misma fiebre, se buscaban, y
habiéndose encontrado se entrelazaban y fundían. Callaron entonces y fue el instante más hermoso. Por el mudo
diálogo de los ojos y por el contacto eléctrico de las palmas
se enviaban el espíritu en arrobo inefable. Con la nueva y
victoriosa dulzura de semejante comunicación, Asís sentía
que se mezclaba un asombro muy grande. Miraba a Pacheco y creía no haberle visto nunca; descubría en su apos-
tura, en su cara, en sus ojos, algo sublime, que realmente
no existía, pero era positivo entonces para la señora, pues
así sucede en toda revelación, para que resplandezca su
origen superior a la materia inerte y al ciego acaso... y a
Asís se le revelaba entonces el amor. Poco a poco, sin
conciencia de sus actos, acercaba la mano de Diego a su
pecho, ansiosa de apretarla contra el corazón y de calmar
así el ahogo suave que le oprimía... Sus pupilas se humede-
cieron, su respiración se apresuró, y corrió por sus vérte-
bras misterioso escalofrío, corriente de aire agitado por las
alas del Ideal.

—No estés tan tristón —tartamudeó con blandura mi-
mosa.

—Sí que estoy triste, prenda. Y es por ti. Estoy de remate. Estoy hasta enfermo. No sé por dónde ando. Parece que me han dao cañaso. Es un mal que se me entra por el alma arriba. Si sigo así, guardaré cama. Después que te vayas la guardaré... Es cosa rara, chiquilla. ¡Válgame Dios, a lo que llega un hombre!

—Te pones tan lejos... Aquí, cerquita —murmuró la señora con el tono con que se habla a los niños.

—No..., déjame aquí... Estoy bien. Mira tú qué cosas más raras hace la guilladura cuando entra de verdad. Ni ganas tengo de acercarme; la manita me basta...

—¿No te gusto?

—No como me gustarían otras. ¡Ay! Ya sabes si tengo ilusión por ti... Y así y todo..., ahora prefiero callar y no acercarme, gloria... ¡Ay! Pero ¿qué es eso? ¿Llora mi niña?

Puede que llorase, en efecto. No debía de ser el reflejo de la lámpara lo que tanto relucía en su mejilla izquierda... Pacheco exhaló un suspiro y se puso en pie, desenclavijando su mano de la de Asís.

—Me voy —pronunció con voz alteradísima, ronca, resuelta.

De un brinco se levantó Asís, echándose los brazos al cuello y sujetándole.

—No, Diego, que no... ¡Vaya una ocurrencia! ¡Irte ya! ¡Pues si apenas llegaste! ¿Cómo irte? ¿Tienes que hacer? No, irte no quiero.

—Niña... El mal camino andarlo pronto. No tengo ánimos para más. Estoy que con una seda me ahogan. ¿A qué aprovechar unos minutos? Es la despedida. Yéndome ahora me ahorro alguna pena. Adiós, querida... Cree que más vale así.

—No, no, no te vas... Por lo mismo que ya es la última noche... Diego, por Dios, mi vida... Tú quieres sacarme de quicio. No puede ser.

Pacheco sujetó los brazos de la señora, y mirándola de hito en hito exclamó con firmeza:

—Piénsalo bien. Si me quedo ahora no me voy en toda la noche. Reflexiona. No digas después que te pongo en berlina. Te conviene soltarme. Tú decidirás.

Asís dudó un minuto. Allá dentro percibía, a manera de inundación que todo lo arrolla, un torrente de pasión desatado. Principios salvadores, eternos, mal llamados por el comandante clichés, que regís las horas normales, ¿por qué no resistís mejor el embate de este formidable torrente? Asís articuló, oyendo su propia voz resonar como la de una persona extraña:

—Quédate.

El plan era absurdo, y, sin embargo, los medios de realizarlo se presentaban entonces asequibles, rodados. La Diabla, fuera de casa, por casualidad feliz, la cocinera lo mismo; cuestión de engañar a Imperfecto, que era la quintaesencia de la bobería, y a la portera, que siempre estaba dormitando a tales horas. Para conseguir el apetecido resultado, combinóse un atrevido plan de entradas y salidas, de pases y repases, que hizo reír a los dos delincuentes... Y a las doce de la noche las puertas de la casa se hallaban cerradas, y dentro de ella el contraventor de las pragmáticas sociales y de las leyes divinas.

Si la cosa no hubiese pasado de aquí, creo sinceramente, lector amigo, que no merecía la pena, no ya de narrarla, sino hasta de mencionarla en estos libros de memorias y exámenes de conciencia de la humanidad que se llaman novelas. Porque aun siendo el caso tan desatinado y enorme; aun constituyendo una atrevida infracción de todo lo que no debe, ni puede infringirse, bien cabe suponer que en las fiebres pasionales tiene algo de necesario y fatídico, cual en las otras fiebras la calentura. Pero lo que me parece verdaderamente digno de tomarse en cuenta, como dato singular y curioso; lo que quizá convendría analizar sutilmente —si no es preferible dejarlo sugerido a la imaginación del lector para que lo deduzca y reconstruya a su modo— es la causa, la génesis y rápido desarrollo de aquella *idea* inesperadísima que desenlazó precipitada y honrosamente la historia empezada por tan liviano y censurable modo en la romería del Santo...

¿A cuál de los dos amantes, o mejor dicho, aunque la distinción parezca especiosa, de los dos enamorados, se le ocurrió primero la *idea*? ¿Fue a él, como único paliativo, heroico, pero infalible, de su extraña guilladura? ¿Fue a ella, como medio de conciliar el honor con la pasión, el instinto de rectitud y el respeto al deber que siempre guardara, con la flaqueza de su voluntad, ya rendida? ¿Fue que esa *idea*, profundamente lógica (y en el caso presente tal vez expiatoria), se presenta a la vuelta del amor tan fatalmente como sigue a la aurora el mediodía, al crepúsculo la noche y a la vida la muerte?

Que cada cual lo arregle a su gusto y rastree y discurra qué caminos siguieron aquellos espíritus para no reparar en inconvenientes, no recelar de lo futuro, cerrar los ojos a problemas del porvenir y mandar de paseo las sabias advertencias de la razón, que tiembla de espanto ante lo irreparable, lo indisoluble, lo que lleva escrito el letrero medroso: «Para siempre» y avisa que de malos principios rara vez se sacan buenos fines. Y reconstruya también a su modo los diálogos en que la *idea* se abrió paso, tímida primero, luego clara, imperiosa y terminante, después triunfadora, agasajada por el amor que, coronado de rosas, empuñando a guisa de cetro la más aguda y emponzoñada de sus flechas, velaba a la puerta del aposento, cerrando el paso a profanos disectores.

Por eso, y porque no gusto de hacer mala obra, líbreme Dios de entrar hasta que el sol alumbra con dorada claridad el saloncito, colándose por la ventana que Asís, despeinada, alegre, más fresca que el amanecer, abre de par en par, sin recelo o más bien con orgullo. ¡Ah! Ahora ya se puede subir. Pacheco está allí también, y los dos se asoman, juntos, casi enlazados, como si quisiesen quitar todo sabor clandestino a la entrevista, dar a su amor un baño de claridad solar, y a la vecindad entera parte de boda... Diríase que los futuros esposos deseaban cantar un himno a su numen tutelar, el sol, y ofrecerle la primera plegaria matutina.

—Está el gran día, chichi... —exclamaba Pacheco—. Vas a tener un viaje...

—¿Y para el tuyo? ¿Hará buen tiempo?

—Lo mismo que ahora. Verás.

—¿Despacharás en ocho o diez días la ida a Cádiz?

—No que no. Y la aprobación del papá y too. Muerto está él por que me case y siente la cabeza. Le diré que después de la boda me presento diputao por Vigo con la ayuda del papá suegro. Verás tú. Para despabilar un asunto me pinto solo... cuando el asunto me importa, ¿sabes?

—¿Escribirás las veces que prometiste?

—Boba.

—Simplón, monigote, feo.

—Reina de España.

—En Vigo..., ya sabes..., formalidad.

—Hasta que el cura... —(Pacheco hizo con la mano derecha un ademán litúrgico muy significativo.)

—Entretanto... me dedicaré a tu chiquilla. ¿Eh? A los dos días... te la he conquistao. Puede que te deje plantaíta a ti pa casarme con ella.

Siguieron algunas bromas y ternezas más, que ni hacen al caso, ni deben figurar aquí en modo alguno. De repente, Diego tomó la mano derecha de la señora, preguntando:

—¿Te acuerdas tú de una buenaventura que te echaron en la feria?

E imitando el acento y modales de la gitana, añadió:

—Una cosa diquelo yo en esta manica, que ha e suseder mu pronto y nadie saspera que susea... Un viaje me vasté a jaser, y no ae ser para má, que ae ser pa satisfasión de toos... Una presonilla está chalaíta por usté...

El gaditano, siempre presumido, agregó:

—Y usté por ella.